世界大作家儿童文学文库

斑比的孩子们

〔奥〕费利克斯·萨尔腾 著

赵为 译

人民文学出版社 天天出版社

图书在版编目（CIP）数据

斑比的孩子们 / (奥) 费利克斯·萨尔腾著；赵为
译. -- 北京：天天出版社, 2025.7. -- (世界大作家
儿童文学文库). -- ISBN 978-7-5016-2530-7

Ⅰ. I521.88

中国国家版本馆CIP数据核字第20258ZT416号

责任编辑： 董 蕾　　　　　　　　　　**美术编辑：** 丁 妮
责任印制： 康远超　张 璞

出版发行： 天天出版社有限责任公司
地址： 北京市东城区东中街42号　　　　**邮编：** 100027
市场部： 010-64169002

印刷： 北京鑫益晖印刷有限公司　　　**经销：** 全国新华书店等
开本： 880×1230　1/32　　　　　　　　　　**印张：** 9
版次： 2025年7月北京第1版　**印次：** 2025年7月第1次印刷
字数： 163千字

书号： 978-7-5016-2530-7　　　　　　　**定价：** 35.00元

目　　录

第一章

东方，夜色渐渐淡去。猫头鹰的鸣叫仍在林中小道上回响，星光惨淡苍白，无精打采。雾气升腾，遮掩了貂和狐狸的腿，他们停下追猎的脚步，耸耸鼻子，嗅到了清晨的气息。

还不愿醒来的树木不安地摇晃着叶片，枝杈中做窝的小鸟睁开了睡意惺忪的圆眼睛。突然，一根小树枝"啪"地折断了。

"是谁呀？"受惊吓的喜鹊妈妈叫道，"谁在那儿？"

喜鹊爸爸从翅膀下伸出头，迷迷糊糊地说："谁也不是！能有什么呢？"他好不耐烦地训道，"一天到晚担心这担心那，天都还没亮呢……"

"我们也听到响动了！肯定有谁来了！"灌木丛中的山雀们紧张兮兮地小声道。

黑鹂试着叫了一声，婉转清亮。好奇又无畏的松鸦，扯着尖嗓子，开心地叫道："是鹿妈妈法琳！法琳和她的孩子们！”

几只乌鸦拍着翅膀飞出巢。

鸟们七嘴八舌，纷纷埋怨："法琳把孩子们都给宠坏了。小鬼头什么都任着性子来。丢人！"

法琳瞪着她恬静的棕色眼睛，朝树梢看去。

"基诺，你听听，"她说，"他们都怎么说我的！乖乖的，别闹了。"

"可我困了，我想躺下。"基诺抱怨道。

"他哪里困了！"基诺的妹妹格丽轻快地跳到妈妈身边，"不就因为跟他玩他那傻游戏的时候我跑得比他快吗！他总是一肚子牢骚！"

"我才没有一肚子牢骚，你跑得根本没我快！你不过是个女孩子！"

"女孩子又怎么样！"格丽一甩头，低矮的灌木上晶莹剔透的露珠纷纷落下。

"好啦，孩子们！"法琳半责备半安抚地说。

"妈妈，基诺总扫兴！博索和拉娜还想接着玩呢，可他呢？"格丽模仿着基诺的声调，轻蔑地说，"他困死了！"

基诺恼了，在曲折的小路上咚咚地跺着蹄子。

"等着瞧吧！我以后再也不带你玩游戏了！"

"那又怎么样，我自己也能想出来！"

"你才想不出呢！"

"哼，博索可以！他比你聪明，比你更好！"

群鸦大力拍动着翅膀，飞走了。

"瞧瞧，瞧瞧！咱们怎么说的？"乌鸦们语带讥诮，"听听这些孩子是怎么说话的！"

"这些乌鸦嘴真讨厌！"基诺嘲笑道，"要是我爸爸斑比在这儿，有你们受的！"

"嗬嗬嗬！"乌鸦们嘲笑道，"法琳，你真得教教这孩子懂礼貌呀！"

正笃笃敲打一棵老橡树的啄木鸟也停了下来。

"法琳，他们说得对。"啄木鸟声音尖厉，"不然，基诺以后需要朋友的时候，没人会乐意帮他！"

"啄木鸟的话有道理。"法琳对儿子说。可基诺打断了妈妈的话，往小路的一边跳去，撞到了格丽。

"灌木丛里有东西过来了！"他的黑色鼻翼抽动着，朝声音的方向竖起了耳朵。

法琳平静地看着他，说："那是臭鼬，不会伤害你的，别害怕。"

"臭鼬的气味好恶心！"格丽往旁边退了退，紧紧屏住呼吸。

"臭鼬就靠这个保护自己。臭味很有用——臭鼬用不着跑得快，也用不着老是四下张望，再危险的地方都不用怕。"

"我宁愿逃跑。"格丽骄傲地踱步走开，她花斑尚不显眼的皮毛上，露珠闪闪发光。

鹿妈妈轻哼了一声，对孩子们和颜悦色道："说到底都一样。鸟儿飞，蜗牛躲，臭鼬臭烘烘，我们又跑又藏、四处张望。"

法琳一家走到一小片空地上，四周环绕着蕨、灌木和长着尖刺的藤蔓。高高的山毛榉和白蜡树、粗壮的橡树和耸立入云的杨树，在空地上投下斑驳的阴影。山茱萸开得正热闹，接骨木抛下攒成一团团的果实，女贞木结成了一道道深绿色的墙。"也许连'人'也会害怕，不过，"法琳叹了口气，弯下四条腿，舒舒服服地卧下来，"我不信。"

提到"人"，一时愁云惨淡。母子紧紧依偎在一起，基诺和格丽从妈妈身上取暖。

"妈妈，给我们讲个故事吧。"基诺央求。

"你不是困了吗？"格丽挖苦他。

法琳四下望望，有些伤感。孩子们就在这里出生。她当时痛苦难耐，好心肠的松鼠佩莉前来探望。法琳一家的好些朋友都在这里的灌木丛中和树梢上安了家——眼观六路的喜鹊、松鸦、啄木鸟，在高处为他们放哨，一有危险便发出警告。

"你们想听什么故事啊？"法琳问。

"给我们讲讲，"格丽目光热切，"给我们讲讲戈波的故事。"

"戈波？他的故事你们听过好多遍了呀。"

"没关系。"基诺难得附和妹妹一回，"戈波的故事太精彩了。每次都听得我寒毛直竖。"

法琳稍加思索，开始讲故事。

"我弟弟戈波小时候身体不好，个头儿不大，腿也总是有点站不稳，他很难熬过冬天。"

"冬天是什么？"基诺口气莽撞。

格丽恼了："老天呀，又得从头来一遍！"

法琳的眼睛里笑意荡漾。

"有一天，基诺会自己经历冬天，也就不会再问了。你也一样，会了解冬天，也会了解冬天有多重要。"

"冬天里，"法琳真希望自己对冬天没有过那么惨痛的感受，"没什么可吃的东西。树木都光秃秃的，灌木林一片焦黑，所有的枝条都冷得发抖。没有阳光，白天短暂，天空灰蒙蒙，就像鱼的肚皮。"

"有一天，风还没起，雪已落下……"

格丽抱怨道："现在基诺又要问雪是什么了！"

基诺拱起脖子，望向妈妈的眼睛。

"嗯，"他问，"雪是什么？"

"雪白得像雏菊，从天上飘落下来。不过，不像花那样柔软甜美，反而尖得刺人，好像爪子。雪开始下得慢，好比秋日树叶掉落。慢慢就快了，越来越快。白昼消失，雪也不停，夜晚还接着下。"

"那一定积得老厚咯？"基诺说。

鹿妈妈叹口气："是啊，要刨雪三尺才能找到吃的，从一个地方走到另一个地方，好艰难哟。所以戈波吃了好多苦头。要在雪里跑，就非得跳得高才行，可是戈波不够强壮，跳不起来，要是'人'一来……"

孩子们颤抖着，依偎到法琳身上。

"'人'来了，我们就只能逃，戈波摔到一堆雪里，动不了。你们的爸爸从旁边跑过——他那时和戈波一般大，不过已经相当英俊，皮毛下的肌肉就像急流涌动——他停下来，求戈波别放弃。可戈波实在站不起来，于是他俩便互相道别，以为从此不会再相见。你们的爸爸亲眼看到自己的母亲死在'人'的猎枪之下，他的许多朋友也遭到过这一厄运——锦鸡呀，兔子呀，连狡猾的狐狸都难逃一死……"

"后来呢？"基诺催问，又害怕又紧张。

"后来，我们都以为没指望了，戈波却突然回来了，还变得胖乎乎，帅气得很，比以前强壮多了。你们的外婆高兴坏了，大家都高兴坏了，只有鹿王除外。戈波说，'人'从雪堆里把他救了出来，悉心照料。可鹿王听说后，却一个劲摇头，阴着一张脸。

"'他们不过想要你长大，再长出角来，'鹿王说，'最后呢，猎枪伺候！'"

"听鹿王这么一说，我们都觉得丧气，可鹿王毕竟比我们都聪明。"

"最聪明的鹿才能当鹿王。"格丽自豪地说，这时，一声巨响打断了她的话。

法琳一惊，孩子们也一跃而起，浑身战栗。

"是猎枪！"基诺低声说，朝着响声的方向竖起了耳朵，"也许——是爸爸被击中了！"

格丽开始啜泣，但法琳向他们保证道："别担心，宝贝们。你们的爸爸现在是鹿王，他那么聪明，绝不会让'人'得手！"

她话音刚落，松鼠佩莉便蹦蹦跳跳出现在枝头，她的眼睛炯炯发亮。

"他们打中那只嗜血的貂了！"她欢快地叫着，"正好把他从树上打下来！"

法琳松了口气，说："孩子们，这下放心了吧。安顿好吧，我们得睡觉了。"

金色的太阳驻足在交错的树枝之间，黑鹂憋足力气引吭高歌，小鸽子们咕咕咕谈情说爱，远近四下的布谷鸟啁啾鸣啭，金莺好似一道闪耀的飞镖，从一棵树飞到另一棵树，开心地嚷嚷："好开心！好开心！"

　　在草丛里急匆匆钻来钻去的老鼠们，探出头来望向法琳和她的孩子们——他们睡得很安宁。整座森林都已苏醒，唯有鹿们在沉睡。

第二章

天光渐长，森林一片喧腾。太阳沿着那道壮观闪耀的弧线，从升起的东方平稳地朝西方移动。树木向着太阳舒展开叶片，满腹感激的朵朵鲜花，散发出甜蜜的芳香，招来蜜蜂嘤嘤嗡嗡。毛毛虫鬼鬼祟祟，也爬上了蕨叶，只有法琳和她的孩子们依然酣睡，直到灰蒙蒙的夜色开始笼罩大地，他们才舒坦地缓缓醒来，小心翼翼地四下打望，朝草地走去。

格丽不耐烦，一心想跑在前头，但妈妈声色俱厉，把她唤了回来。

"叮嘱你多少回啦！"法琳责备道，"有时候我真觉得乌鸦们言之有理，我太娇惯你们了！乖乖和基诺一起走到我身后去，我说行了你才能往前走。"

"我肚子饿嘛。"格丽好固执。

"你一饿就什么都忘了！"基诺嘲笑她。

"基诺，够了！"法琳厉声道，"你俩都记住了——自身安全，吃饭才香！"

法琳对自己这句箴言很是得意，心想，丈夫斑比应该也很赞同。法琳一面想心思一面拐上通往草地的最后一个弯。

在拐角的地方，她停了下来，灵敏的鼻子在空中嗅着。在与她齐肩高的草丛的掩护下，法琳锐利的目光搜索了每个角落、每道缝隙。

一只喜鹊从她头顶飞过，欢快地叫道："这儿没危险！"

在一棵高大榆树的树枝间乱窜的松鼠佩莉也说："哪儿都没危险！"

"向你保证，这儿四处我都仔细查过，绝对一点危险都没有。"

佩莉坐到一根粗壮的树枝上，支起身子，尾巴竖到头顶，双爪压在洁白的胸口上。

"罗拉姨妈、博索和拉娜来了吗？"格丽急切地问道。

"还没呢。"法琳回答。

一群野鸭匆匆忙忙飞过他们的头顶。一只鹭鸶直挺挺伸着两条细腿，鬼魂一般掠过逐渐暗下来的天空。

"他们要迟到了！"格丽说。

佩莉耸耸鼻子，对着法琳一家说："告诉你们，没有危险。你们看得还没有我一半远呢。"

法琳时刻准备好向旁边逃窜，一小步，一小步，走到了开阔的草地上，一丛灌木中传来夜莺的悠扬歌声。

"孩子们，可以出来了。"法琳轻声道。

两头小鹿活蹦乱跳，用鼻子蹭着妈妈，迫不及待地寻找嫩草。

"博索在那儿！"格丽喊道，"看，罗拉姨妈、博索和拉娜都在那边！"

三头鹿信步走在草地上，罗拉正悠闲地吃草，而孩子们嬉笑玩闹，不时啃上一两口。格丽赶忙快跑上前，脚步笨拙得可爱。基诺跟在后头，跑得慢些，步子更腼腆，犹犹豫豫，可他还自负地故作深沉，摇头晃脑。博索和拉娜急匆匆冲过来迎接，跑得太快，差点儿停不下来，大大地张开四条腿才收住了脚。

博索急慌慌地开口："那边有个很不一般的动物，"他上气不接下气，"我不认识……"

"在哪儿？"格丽问。

拉娜一仰头："我们带你们去看，走吧！"

基诺拒绝得颇有些傲慢："不管那是什么东西，你难道以为他会乖乖待在那儿，等着咱们去看吗？"

"他走不快的，也许根本走不动。博索，你说呢？"

"我不知道。以前从没见过这样的东西。我以为他们可能知道呢，不过，要是基诺不感兴趣的话……"博索低头咬着草尖，仿佛已把整件事抛到脑后。

基诺说："好吧，大概是只蜗牛吧。既然你们非想让我看，那就去吧。"

"快走吧！"拉娜催促着。

博索拔腿就跑，格丽和拉娜紧随其后，基诺慢腾腾跟着。

"到这儿来！"博索喊道。

格丽已经探着头，朝着半边身子躲在一团莎草阴影下的那东西望去。

"他样子好奇怪啊，"格丽说，"但应该不危险吧？"

基诺慢步走过来，再也无法抑制自己的好奇心。地上的那东西紧盯着基诺，小圆眼睛目光阴郁。基诺不由得脊背一凉，可他下定决心，非要闻闻不可。一闻之下，他猛地往后跳，懊恼得四条腿都僵了。

"他扎我！"基诺一边哭叫，一边拼命把鼻子在清凉的草叶上蹭来蹭去。

格丽和拉娜也觉得这下非得嗅嗅这陌生的家伙不可了。她俩小心翼翼地凑过去，嗅了一嗅，开心地蹦了起来。

"真是扎扎的！"她们喊道。

博索对这家伙说："喂！你浑身长刺是很帅气，可也用不着扎我们呀。我们不会伤害你。"

"不，不会，"基诺也保证道，"我们不会伤害任何东西的。"

刺猬愤怒地竖起了所有尖刺。

"你敢！"他厉声喝道。

"要是我们也有这样的刺该多好啊！"拉娜叹道，"又长又尖又利！"

"好些事就容易多了。"格丽斜瞟了博索一眼。

"不许嘲笑我！"刺猬语气粗暴。

"没有，我们没有！"格丽大声说，"我们真的没有嘲笑你！"

"你到底是谁啊？"博索问。

"你管得着吗！"刺猬低吼道。

"嘿，你可真粗鲁！"基诺训斥他。

"我就要自己待着。"

"臭鼬也一样。"格丽嘟囔着说。

"臭鼬！嗬！还真是无奇不有！"刺猬的尖刺竖得更高了，"麻烦你们让我过去，"刺猬高傲地说，"不然后果我可不负责！"

基诺瞅了博索一眼："我们还是让他走吧。"

"我赞成。"博索同意了，"这家伙够讨嫌的。"

四头小鹿小步跑开，但格丽掉转头来。

"请原谅，"她对刺猬说，"我不是故意不礼貌的。"

刺猬扬起他的小黑鼻子。"呵！"深吸一口气，不屑地慢慢爬走了。

格丽看着他去远，这才转过身追赶同伴。博索用最快的速度绕着圈跑。

"博索跑得最快了！"拉娜喊道。

格丽开始使劲跑。

"有危险！有危险！"她朝他们叫着。

基诺立刻没头脑地狂奔起来。拉娜和博索也要往前赶，格丽叫住了他们，喊道："没事的，基诺，我开玩笑的！"

基诺好不容易听清楚，这才气喘吁吁停了下来。

"这种事情怎么能开玩笑呢！"他恼怒交集，努力压下身体两侧的起伏波动，不让同伴们看出他刚才跑得多拼命，"你干吗做这种事？"

"我想让大家看看你跑得最快呀。"格丽解释道。

"确实基诺最快。"拉娜也承认。

"我早就知道是开玩笑了，不然我肯定跑得更快。"博索争辩道。

"妈妈她们在聊什么呢？"格丽插了一句。

"她们的头靠得那么近！"博索兴致勃勃，四处张望，"树上那亮闪闪的是什么东西？"

"哦，好漂亮啊！"拉娜叫道，"咱们去看看吧！"

法琳和罗拉边吃草边交谈，罗拉心事重重。

"真的，"她叹了一口气，"我真不知道该怎么办！"

"你想说什么？"

"快到王子们来找我们的时候了……"罗拉迟疑地说。

"然后呢？"法琳催道。

"然后……"罗拉重复道，装作上风处有什么东西引起了她的注意，她再叹一口气，"我在想——我是不是应该和他们之中的一个在一起。"

法琳深色的眼睛闪闪发亮，忍着自己的笑意。"我想你会的。"她平静地说。

罗拉有些生气。"你什么都顺心，"她显出怒意，"你多开心啊，你有斑比呢！"

"是的，"法琳微笑着，"你说得对，我有斑比。"

"可斑比都不怎么来看你！"罗拉隐约心生妒忌，并为这妒忌心而懊恼，但法琳不以为意。

"斑比是鹿王，责任重大。"法琳静静地说，"我必须做出牺牲。"

罗拉突然为自己的想法感到羞耻。"当然，当然！"她说，"当鹿王可不轻松，当鹿王的伴侣有时还挺艰难。幸好我没什么野心。"

"我也没有野心。"法琳说，"相信我，有时真希望他不过是鹿群里的普通一员。"

"你才不会这么想呢。"罗拉嘲笑她，"你就喜欢摆出不可一世的派头！"随即，她又认真地加了一句，"可是斑比也不回来看看孩子们吗？"

"他是不常来。"法琳承认，"而且来的话也一般在白天，在他不需要担当职责的时候。可是那时候孩子们都在睡觉。"

"你是说，孩子们都没见过他？"罗拉备感震惊。

"从没见过。不过我们好像能感到他就在附近——感到他在思念我们，在远远地守护我们。"

"你从不呼唤他吗？"

"从不。他不准我呼唤他。"

"你好可怜啊。"罗拉低声道。

她们低头吃草，过了一会儿才再次交谈。罗拉仿佛下定决心，斩钉截铁地说："我也不会呼唤别的雄鹿了。"

夜幕完全笼罩。猫头鹰的鸣叫在夜幕中回响："哈啊哈，哈哈哈哈，哈啊哈！"

蝙蝠神出鬼没，在夜空中盘旋，他们比夜色更幽黑，比远古的寂静更无声。

一头健壮的雄鹿出现在森林的边缘。他大口吃草，偶尔也抬起长着角的头，四下瞭望。格丽害羞地跑到法琳身边。

"那是爸爸吗？"她问。

"不是，"法琳告诉她，"只是一头年轻公鹿罢了。"

"他真帅气！"格丽说。

基诺问博索："那边那位王子是你爸爸吗？"

博索伤心地说："我们现在没爸爸了，爸爸被猎枪杀死了。"

"我们从没见过爸爸，"拉娜补充道，"我们那时还没出生呢。不过妈妈经常讲起爸爸。"

"我爸爸是鹿王。"基诺很自豪。

格丽走了回来。"那不过是头年轻公鹿，"她不屑一顾，"根本不值得我们费心。"

"那亮闪闪的东西呢？"博索问道。

"忘了问了！"格丽在草地上跺着蹄子，"我们回去吧。"

他们急急忙忙朝法琳和罗拉吃草的地方赶去。

"那亮闪闪的是什么呀，那么好看？"拉娜大声问。

法琳回答："它们是不听爸爸妈妈话的小星星。"

"我才不信呢！"格丽说。

法琳摇头。"是真的。小家伙们总是傻乎乎的，不管在哪儿，都觉得去别的地方肯定更快乐。于是，天上亮晶晶的小星星老在琢磨：'大地上肯定好玩多了！'"

"当然，大星星们更明智，大星星活得久，对下面发生的一切见多识广。大星星知道，夏天大地酷热难当，绿草缺乏雨水滋润，统统干枯。冬天，天冷得连溪流都

冻得硬邦邦的。大雪一下，万物统统被雪笼罩。"

基诺刚要张口问："雪是什么东西？"可他看到格丽正望着自己，便改了主意。

法琳接着说："一开始，所有的小星星都很快乐，可有一些过于好奇，按捺不住，非想知道地上的事，所以就冒着危险，飞了下来。"

"为什么危险呢？"基诺赶紧问。

"儿子，如果有一天你跌倒了，掉到坑里，那时你就会明白掉下去比爬起来容易多了。"

"坑是什么呀？"

"哎呀，基诺！"格丽生气地说，"妈妈，你接着讲吧。"

"那好。"法琳说，"小星星们

向下飞呀，飞呀，好不容易到了地
面上，一点力气都不剩了。一
路上又没东西吃，小星星四下
散开，越来越小，只能微微地在灌
木丛的阴影里发发光，最后全都死了。"

"太悲惨了！"拉娜喃喃道。

"身在福中不知福，结局总是可怜
呀。"法琳聪明地下结论，"从前，一头老雄鹿告诉
我们，他那一辈的鹿群中，有不少都以为，别的地方
的草地肯定比这一带更碧绿、更丰美，就不停地折腾
自己，结果把自己折腾死了。"

"妈妈，天上的星星比地上的我们更快乐吗？"
基诺问。

"当然啦！"法琳说，"大家都知道！天上到处是
绿草地、清溪流，而坏动物和猎枪无处藏身。"

"妈妈，你和那些小星星一样不乖哟。"格丽
调皮地说。

她轻快地跳着，追那些小星星——萤火虫去
了，其他孩子也紧紧跟上。

"我觉得他们来到
这里，真是太棒了！
他们真勇敢！"格丽

对博索说。

基诺听到了格丽的话，插嘴道："好好活着，安全第一，才更棒呢！"他说这话时一副居高临下、故作聪明的神气。

格丽把头一摆："就知道你会这么说！"她嘲讽他。

罗拉和法琳看着孩子们跑远了。

"年轻真好啊！"法琳叹道。

罗拉说："嘻，那倒不一定，他们错过的东西也不少。"她用眼角余光瞟着那头年轻的雄鹿，"法琳，你怎么会知道这么多萤火虫的故事？"

"小时候妈妈给我讲的。故事很长呢。有时候我觉得仿佛永远讲不完。"

"知道我对萤火虫有什么发现吗？"罗拉问道。

"什么发现？"

"萤火虫一年只来一次，只在这个莺飞草长的季节。"

"这样啊？"

"是啊，"罗拉说，"这也是王子们到来的季节。"

笑意再度浮上法琳的双眼。"当然啦，"她故作严肃地说，"王子们来不来，你完全无所谓！"

罗拉疑惑地看着她。"你又拿我开心。"她终于说道，"可是，你若是亲眼看到自己的伴侣被猎枪打中，一头栽倒、鲜血直流，就……"她语调沉重。

"可怜的罗拉呀，"法琳的眼中溢满温柔同情，"对不起，我说话太冒失……"

草地的那一头，基诺激动地喊着。

"快看！"他大声叫道，"这儿有只不会动的！"

其他几个孩子都围拢过来，看那只缩在酢浆草上一动不动的萤火虫。

"他在休息呢。"格丽这样宣称，"休息好了才能飞回天上。"

萤火虫一明一暗地发着光，节奏如同心脏跳动。

"他回不去天上了，"拉娜说，"他太累了。"

格丽柔声鼓励萤火虫："来自天上的小信使，你一定能回去！一定能！"

这时，那闪动的节奏慢慢熄灭了。

"他的火灭了！"基诺声音里充满敬畏。

"他死啦！"博索边说边转身走了。

孩子们都走开了，只有格丽还俯身守在萤火虫身边。仿佛她的善意为萤火虫注入了生命力一般，萤火虫又开始缓慢地闪耀起来。

看着那小小的火炬获得重生，格丽欢欣鼓舞："基诺！基诺！他没死！他活啦！活啦！"

格丽兴高采烈，活蹦乱跳，草地都仿佛震动起来。

第三章

清晨再度来临，游戏时间也随之结束。

法琳一家回去的路上，看到一只野兔端坐在灌木丛中的小小空隙里。

"野兔先生，您好呀！"法琳向他打招呼。

野兔的长耳朵竖了起来。

"您好，您好！"他慌慌张张直嘟囔，"嗯，对对，当然当然——您好！"

野兔胡须颤抖，愁眉苦脸，忧心忡忡。

"这是您的两个孩子？"野兔边问边忧虑地看向小鹿，"真是又漂亮又健康！您要是允许我这么说的话，太太！是啊，又漂亮又健康！"

"您真这么想？"法琳满心欢喜地回应道。

"当然，我真这么想！大家肯定都这么想。"被基诺一瞧，兔子的两只耳朵耷拉下来。他对基诺说："可爱的小王子，你得小心！你真得小心！别叫那残忍的狐狸伤了你！"

野兔一脸阴云密布，连胡子也塌了下来。

"我跑得比狐狸快！"基诺回答得干脆利落。

"你跑得快！"野兔的鼻子耸动着，仿佛在嘲笑基诺，"你见过我跑起来的样子没有？孩子，我年轻的时候——还是个愣头青的时候，不知赛跑过多少回！当年我风华正茂，肯定跑得比你快。小子，光跑得快可不够。这世上还有狡猾！还有奸诈！"他喃喃地说，"狡猾啊！奸诈啊！"

"最近在草地那边没怎么看到你。"法琳说。

"我，到草地那边去？太太，您肯定是开玩笑！肯定是开玩笑！不好意思，我可不大笑得出来。如今情况已经变得太严重了。你们也看到啦，我就坐在这灌木丛里。只要一跳，就谁也找不到我了，我保证逃得比条鳟鱼还快！我相信——太太，以我的尊严起誓——你还没见过谁能跑得比我更快呢。"

野兔突然直挺挺地竖起身子，一直往上拉，直到耳朵和身体拉成了一个长长的惊叹号。

基诺吓得跳了起来，四条腿都绷紧了。

"怎么啦？"基诺紧张地质问野兔。

野兔陷入了莫名的恐惧，短小的前腿在空中不停地刨动。

"太太，您听到什么了吗？"野兔声音颤抖，充满焦虑，"那边是不是有什么东西在动？"他蹦来蹦去，就像玩具盒子里猛然弹出的小丑，动个不停，"还是不远的地方有什么东西？"

法琳平静地嗅嗅空气，说："什么都没有，野兔先生，您太紧张了。"

野兔无比震惊，连发抖都忘了。

"太太，您怎么能这样？您还有两个这么可爱的孩子呐！"野兔转过头对基诺说，"小子，相信我，我特别赞赏你的母亲。我以我的胡子发誓！在隆重的场合里啊，不管谁在听，我都要说，法琳可真是了不起！可现在我年纪大了，孩子，我得告诉你——得郑重告诉你——无论多紧张都是对的！"他重新四腿着地，摇晃着耳朵。

"我看不一定吧。"格丽说。

"天哪！天哪！想想那些狡猾奸诈的家伙！太狡猾了，宝贝们，他们又狡猾又奸诈！你还小，自然还不懂，有些动物——他们还好意思叫自己动物——有多奸诈。就在昨天……"兔子突然打住。

"怎么了？"格丽催促道。

"就在昨天，"野兔声音迷蒙，"我发誓，我当时还躲在树丛里。我看到一朵蒲公英，那么甜美多汁，我大概真是吃蒲公英吃上瘾了，一发现这东西我就按捺不住。那朵蒲公英离树丛好近，我一跳就过去了，我想着，肯定没什么危险的，就像到那棵杨树跟前去一样安全。然后，然后那个恶棍……天哪，我从树丛里跳出来这一眨眼的工夫，他就扑了过来。你想想有多危险！还好我一溜烟逃了。"他甩着耳朵，"一溜烟！可直到现在，我的心还咚咚跳呢！我这把年纪了，受不了这几下子。"

"也许您回到田野里去会好些？"法琳建议。

"我也这样问过自己，太太，我真的问过。可田野里又有猫头鹰。猫头鹰和狐狸哪个更坏，我还真不好说。有一点千真万确，"野兔直勾勾地盯住了基诺，"我能活到现在，就是靠着时刻紧张，永远趴低些。我极力主张你也这么办。确实不舒服，但很安全。起码我希望是安全的！哎呀！安全第一！"

"再见，可怜的野兔先生！"法琳边低声道别，边慢慢走开。基诺和格丽小步跟上。格丽又看了野兔一眼，见他又开始没完没了地提心吊胆，身子忽而摆向这边，忽而摆向那边，两只前爪在雪白的肚皮上不住颤抖。

白昼一点点过去。空气中弥漫着各种植物的香味——味道苦涩的蕨类植物、阳光下的青草、苔藓斑驳的小道上盛开的野花。啄木鸟们砰砰地敲击着树皮，不时停下来笑闹，他们的喙尖利得如同外科医生的手术刀；知更鸟猩红的胸脯在茂密的绿叶中反着光。

法琳和孩子们心满意足地酣睡着，耳边都是令人心安的声响。忽然，法琳惊醒过来。

"基诺！"她唤道，"格丽！快醒醒！"

"怎么了？"基诺噌地跳起来，吓得要命。格丽站在他身旁，同样瑟瑟发抖。

"别抖啦！"法琳提高嗓门，不由分说命令道，"你们的爸爸来了！"

"爸爸！"孩子们齐声喊道，但法琳说："别开口，孩子们！等爸爸先和你们说话！"

她昂着头，满怀自豪地走到了最茂密的一片树丛前。

"你好，斑比！"

树丛中传来深沉而庄重的回答："你好，法琳！"

一头气宇轩昂的雄鹿踩着草丛缓步走来，一副领袖派头。斑比高昂着头颅，神情庄严而自豪，黑眼睛炯炯有神，目光平和沉着。斑比头顶的角实在壮观，七叉八叉，角尖闪亮又锐利。他走到了空地上。

"孩子们。"他柔声呼唤，变得亲切。孩子们不怕他。

"我们看见你了，爸爸！"他们回答道。

"他们听话吗？"斑比问法琳，"行为举止都规规矩矩？"

"他们都是好孩子，"法琳答道，"不过，基诺神经绷得有点太紧张。"

"这很好，儿子。这样你才会活得更长久。不过，法琳，我听说，基诺有时欠礼貌。这是怎么回事？"

"我想大概是太紧张的缘故。"

"喔，儿子，你要学着既小心谨慎，又平易近人。你会需要朋友的，有礼貌才能交到朋友。有一天，我会教你。而现在，你要好好跟着你妈妈，一举一动都要听妈妈的话。"

基诺听了父亲的责备，低下头来。格丽则偷眼看看妈妈，再朝父亲看去时，斑比已无踪影。

"爸爸！"格丽吃惊地大叫。

法琳站着，一动不动，仰着头，抽动着鼻孔。

"你们的爸爸走了。"她终于开口。

"可……可是，"基诺迷惑不解，结结巴巴，"我……什么……响动……都没听到呀！"

"我们的爸爸才不会发出响声呢。"格丽自豪地回答，"他是鹿王！"

"没错。"法琳再度盘腿卧倒，"现在我们该睡觉了。"

基诺和格丽也趴到妈妈身边，但基诺还大睁着双眼。

他想："天哪，我呼吸的声音都比爸爸走路的响动大！"

一只苍蝇张开雾一般透明的翅膀，飞了过去——连苍蝇飞过的声音都比爸爸的动静大啊！

第四章

野兔倏然消失在一丛高高的莎草后面，像是有人用弹弓给他射出去一般。他的老鼻子在草丛里若隐若现，就像浮标在波涛中汹涌起伏，嘴巴里还伸出一截蒲公英。

"哎哟，老天爷呀！"野兔嘟嘟囔囔，"哎哟，要了命呀！"

法琳和孩子们站在森林边缘东张西望。草地那头有个水洼，他们是过来喝水的。这片丰美的草地，把野兔从他在鹿道旁的藏身地引诱出来。

法琳一家也发现了狐狸。狐狸原本一身红毛，但现在风尘仆仆，灰不溜秋，长长的黑舌头从嘴里垂下来，一瘸一拐，正往水边走。

一丝风都没有。早晨的太阳红得刺眼，空气中弥漫着硫黄的气息，一片死寂。水洼边缘的泥巴都被烤裂了。

狐狸口渴。

基诺紧张地小声说："妈妈，我们走吧。"

法琳没有动。"不，"她安静地说，"狐狸闻不到我们的气味，野兔也闻不到。但愿那傻瓜已经明白了这一点。"

水洼边，一丛芦苇附近，一只苍鹭腿长长，单腿独立，巨大的喙埋在胸腔的羽毛里。他低垂双眼，注视着浑浊的水面，目光深沉，如同沉思的学者。两只鸭子原本优哉游哉，在距苍鹭不远的水面戏水，却突然惊慌失措，逃进芦苇深处，惹起一阵沙沙响，惊扰了苍鹭，他抬起头来。

"噢，原来是你呀！"苍鹭鼻子里哼一声，刻意不紧不慢，对走到水边的狐狸说。

狐狸一时犹豫。从前有一回，狐狸见苍鹭衰老瘦弱，以为好对付，结果却被苍鹭又快又猛的大喙啄得好惨。

"是我。"尽管喉咙干得起火，狐狸还是装作漫不经心，"正好路过嘛，就想过来喝口水提提神。我急着赶路呢。"

苍鹭抬起蒙眬的双眼，瞧一眼东方山头，太阳正冉冉升起，向四面八方射出铜黄色耀眼的光芒。

"你是过来安安神的吧，我想。"苍鹭居高临下纠正道。

狐狸顺从地咧嘴一笑道："是啊，你说得当然对，说得好呀！哈哈！"他把嘴凑到水边，"您不介意吧？"

苍鹭提高警惕，换条腿站立。

"一点不介意。"苍鹭说，"不过，不要在这水洼附近搞什么乱子。这是我的领地。我嘛，在这一带可是德高望重。"

"那是，那是，您当然德高望重。"狐狸边应声，边瞧瞧苍鹭细长而坚硬的腿，"不过，"他窃笑，"真是想不到！"

狐狸伸出舌头，不紧不慢地舔水喝，除了啧啧的水响之外，远近寂静无声。野兔直发抖，吓得一动都不敢动，两只前爪合起来，仿佛在祈祷。

格丽望着狐狸，说："狐狸的皮毛可真好看。"

法琳叱责道："他的尖牙更好看呢！"

"我们在等什么呀？"基诺轻声说。

"野兔可能需要帮助。"法琳说，"要是被狐狸发现了，我就弄出些动静来分狐狸的神，但愿野兔能脱身。"

"狐狸不会抓到我们吧？"基诺惴惴不安。

"不会的，我们比他领先太多。而且地面都烤干了，又没风，他闻不到我们的气味。"

"要是有点风就好了——当然，要等这事以后。"基诺说。

"我们现在需要的，"法琳告诉孩子们，"是雨。一下雨，小草就会变绿，林子里的植物也会更健壮、更多汁。"鹿妈妈叹口气，不过随即神色开朗，"至少天气干燥，蚊子就没啦。"

"为什么呀？"基诺问道。

"因为蚊子也都渴死啦，你这个傻瓜！"格丽讥讽地插嘴。

"你想得不对。"法琳仰头去够一片看上去还嫩的树叶，但眼睛还紧紧盯着那只喝水的狐狸，"蚊子的卵只能在潮湿的地方或沼泽里孵化。大地干渴，尘土飞扬时，那些卵也就干死了。"

"瞧，你总是自作聪明！"基诺挖苦格丽。

狐狸终于从清凉的水边退开，胡子上水滴点点，嘴边也淌着水。

"喝得痛快！"他边说边舔鼻子，"简直重获新生啦！"

"新生你就甭指望啦。"苍鹭干巴巴地呛他一句。

狐狸再次满脸堆笑。不过，一想到自己已喝饱了水，不用再讨好苍鹭，便露出凶恶的本相。

"你自以为风趣是吧？"狐狸尖酸地反驳，"让我来告诉你……"

苍鹭睁开一只眼，突然目光凶悍，若无其事地放下另一条腿，两爪稳稳站好。

"告诉我什么？"他嗓门又尖又利，好像锯子嘎嘎响。

狐狸垂下眼帘。"没什么，"狐狸喃喃自语，"我就是想说啊……这个……好像天上打雷了！"

"真的吗？"苍鹭昂首挺胸，神气地往前迈一步，"我还以为你赶时间，没工夫聊什么天气呢！"

狐狸转过身，满腹疑虑地扭头看。

"你说得倒在理！"他龇牙吼道，"我忙得很，哪儿有工夫和你争！"

苍鹭、野兔、那两只鸭子、法琳、基诺和格丽，各自立在不同的地方，共同目送狐狸大摇大摆地离去，直望到他变成不值一提的小不点。

苍鹭重新凝神，对着水面沉思。野兔慌慌张张，在水洼旁蹿来蹿去，转头又跑回了树林，不停地嘀嘀咕咕："狡猾啊！奸诈啊！我的魂儿啊！我的胡子呀！吓死我了，吓死我了！"

看到法琳一家，野兔退了两步，随后便加快脚步。跑动的时候，他那棉花团一般的白尾巴一闪一闪。鸭子们趾高气扬，慢慢从芦苇丛里游出来，又回到开阔的水面上，摇摆着他们尖尖的屁股，把喙插入水中，再仰起头甩掉水珠。

"哇嘎嘎，哇嘎嘎！"他们满怀讥讽，尖声大叫。

"走吧，"法琳说，"我们该睡觉了。"

法琳一家默默走回了那片小空地，可是基诺睡不着。

他觉得空气充满压迫感，绷得紧紧的。在他想象中，树木、花草都在窃窃私语。

叶子全都朝天翻仰，干巴巴，死沉沉。

"小点声，小点声！"植物们声气沮丧，林中仿佛处处回荡着它们的警告。

植物们发出长长的叹息，叶子沙沙作响，故作神秘。基诺好容易才觉得听懂了它们说的话。

"雨啊……请下点雨吧！"

基诺听到，远远的，一根枯死的树枝掉了下来。听到这不祥的声音，树叶似乎都发出战栗。只有那棵人杨树无动于衷，庄严得不容侵犯，高高耸立。

基诺的眼皮越来越沉重，可是又听到了林中植物耐心的求告："雨啊……请下点雨吧！"

基诺认定，这份耐心着实令人敬畏。林中草木不怨天、不怨地，但绝不屈服。

雄健的橡树口吻严肃："照我们一族的规矩，我在这里已经扎根两百年。庇护大地，庇护万物，按时结出果实。我有强健的臂膀，只为守护和平。在万物生长的春季，大地给了我养分；而在秋季，我落下叶子，连本带利再把这些养分还给大地……"

"的确如此，"枫树们纷纷赞同，"假如这是恶的话，我们将为此而死。"

"这绝不是恶。"栗树平静而坚定。

而这一点，基诺明白，正是恐怖所在——这就是终极真理的恐怖。树木没有感情，没有恶意，没有恐惧，也没有嫉妒心。树木终生驻守在同一地点，不可战胜也从不抱怨，他们的存在就是为了服务。

基诺半梦半醒间听到一条毒藤用喉音低声开腔了。这条毒藤缠绕到一株细小的树苗上——由于被橡木投下的阴影遮蔽，这棵树苗很难长大。

毒藤对树苗说："这种废话你怎么听得下去？你也有自己的权利！那些霸道十足的树最好统统死掉，这样你就能长大啦！"

树苗打个冷战。

"住口，你这寄生虫！"粗壮的山毛榉呵斥毒藤道，"我们不需要你来搅事！"

就在这一刻，仿佛激动得不能自已，高耸入云的杨树摇晃着身子，张开了所有的枝丫。

基诺不出声地呐喊道："杨树，怎么了？"

他似乎听到了鬼魂般的回声："是啊……杨树，怎么了？"

然而杨树的回答断断续续，杨树的枝叶万分急切，发出嘶鸣。在众生之上，在灰色的晨曦中，杨树在摇晃，在颤抖。

基诺发现，这个早晨不比平日，天色并没大亮起来，他生平头一次目睹这样的情景。天空灰暗，一种从没见过的灰暗，乌压压一片，向树顶沉重地压过去。这深沉的颜色带着硫黄的气味，蕴藏着巨大的能量，嗡嗡作响。

高矮参差的其他树木也跟着颤抖起来——高大的榆木最先颤抖。接着，躯干粗壮的枫树和橡树也纷纷发抖。最后，所有林木统统在颤抖，干巴巴的叶子统统在摇晃，偶尔几片树叶打着圈子掉落下来。

基诺好害怕，他和树木一起颤抖，心惊胆战地叫醒了妈妈汰琳。

"妈妈！"他急切地呼喊，"快起来，妈妈！可怕的事情要发生了！"

随即，大雨倾盆而下。

天空中仿佛有个邪恶的武士，不断将长矛般的雨水投掷下来。落到树上，打得啪啪作响。甩到个头儿更小的植物上，把它们统统压倒。天黑得就像夜幕降临，直到雷声响起。

一道闪电撕裂长空，照亮了备受折磨的林木，照亮了死寂的隐秘小道，也照亮了鹿王斑比。犹如暴风雨之魂，斑比站在妻子和孩子们面前，鹿角骄傲地与风雨对峙，皮毛仿佛被雨中的电光石火点燃。斑比洪钟似的声音，压倒了骚动的暴雨。

"不要害怕！你们不会受到伤害！法琳，别往大树下躲，尤其不要到杨树那里去！你们一定要待在森林外围的灌木丛里！"

电闪雷鸣渐渐平息，黑暗重降大地。虽然法琳和孩子们并未亲眼看见，但他们明白斑比已经走了。

法琳说："快，咱们走！"

他们不顾一切，撒腿奋力向前奔跑，要逃离摇摆着的树影。刚走开，一道刺眼的光落了下来。他们吃了一惊，脚下不稳，被光照得睁不开眼，惊惧地扭头回望。

闪电击中了杨树，把杨树从头到脚劈开。燃烧的焦味，更让法琳一家拼命奔逃。

风渐渐小了。法琳和孩子们紧紧蜷缩在一起，躲在低矮的灌木丛中，大雨笔直打下来，拍击着地上已形成的小水洼，雨点跳跃。

空气变得凉爽，天空也不再阴沉，硫黄的臭味消散了。

林中树木似乎都松了一口气，舒展着身体。低矮的植物焕发出生机，羊齿类植物再度发出香味。

"可怜的杨树啊！"基诺叹道。

"这就是伟大要遭受的惩罚。"法琳神色凝重地说。

太阳一跃而出，尽扫最后的雨点——雨点都凝成了剔透的小水晶，格丽欢喜地蹦跳起来。

"我们赶紧去草地上晒干身子吧！"她嚷道，"我好冷！好想痛快地跑一场！"

"孩子们，竖起耳朵，提高警惕！"法琳认真提醒。

一只松鸦高声尖叫，喜鹊叽叽喳喳，发出警告。原野之上，传来了一声爆裂。

"是猎枪！"基诺声音直颤。

"雨后最危险，"法琳告诫孩子们，"你们的父亲指点过我。"

格丽一声不响，一动不动，头向后仰，站定，耳朵抽动。鸟儿们欢快的歌唱刚停歇片刻，此时再度响起。远远地，又传来模糊的爆裂声。

"我饿死啦！"格丽气呼呼地抱怨，可她必须再等等。

直到夜幕笼罩大地，法琳才和孩子们一道离开灌木丛的庇护。

第五章

日子一星期一星期过去——阳光温煦，暖意融融，老天偶尔也会降下凉爽的阵雨。夜幕下，孩子们在草地上欢快玩耍。白昼里，他们睡梦沉酣，使劲长身体。幼鹿才有的斑点渐渐从基诺和格丽身上褪去，他们的毛色变成均匀的深红，和妈妈法琳一个样。

孩子们本来快乐开心，可基诺发现母亲心事重重。如今，妈妈把越来越多的事情交给基诺去做。搜索灌木丛的责任是基诺承担；夜晚，先用鼻子打探整片原野再让大家通过的任务，也常由基诺完成。

基诺感到又自豪又紧张。他现在时常检查自己的肌肉，这不再是出于孩子气的自负，而是出于肩负新的责任感。

往草地奔跑时，他会比照天上高飞的鸟，看看自己速度如何。他飞奔疾驰，练习急转弯，身体朝侧边一闪，顺当地掩护自己。

走进树丛时，他格外留意自己弄出的声响，脚步努力放得更轻柔，变成一道虽有血肉，但无声无息的影子。

不那么忙碌的时候，基诺牵挂妈妈，不懂她为何看上去总是心不在焉，琢磨着这到底意味着什么。

他试图和格丽讨论，可她似乎不感兴趣。在基诺看来，格丽几乎没有任何改变，她依然没有责任感，似乎还变得更加任性，也不再把"小心谨慎"这个原则放在心上。

一天夜里，基诺独自站在水洼旁的树丛中，思索着格丽的事。在一棵年代久远、扭曲多瘤的苹果树的树影下面，基诺宛若隐身一般。

格丽则在开阔的野地上与拉娜一同玩耍。四下里不见博索，他似乎也独自心怀忧虑。法琳和罗拉友好地卧在一起，小声交谈，漫不经心地嚼着嫩草。

基诺沉浸在自己的思绪中。突然，一只长耳枭在基诺头顶发出尖叫，把基诺吓了一跳。

"嗷咦！嗷咦！"

基诺抬头一望，那只长耳枭伸展僵硬的翅膀在空中一阵盘旋，落到了苹果树的树枝上。

"你好呀！"长耳枭说，"我吓着你了吗？"

基诺不耐烦地摇摇耳朵。他心事重重，没心思和长耳枭瞎聊天。

"呵呵呵！"长耳枭嬉笑着，"我还真吓着你了，是不是？"

"哪有的事！"基诺不认账。他低下头，小口吃草，随口道，"我还以为你都老得没兴致开这种无聊玩笑了。"

长耳枭生气了，挓挲羽毛，尖刻地说："告诉你，万物之间都有关系，凡事都是相对的。你可能只有两岁，但已经老了。我呢，我只是活得更久些。"

"你说'万物之间都有关系'是什么意思？"基诺变得尖酸刻薄，"难道你还是我的姑妈不成？"

"我的意思是……"长耳枭沿着树枝往里移，直到他的轮廓彻底消失在树影之中，基诺只见他一对眼睛直勾勾的，好似两团火焰在燃烧。"我怎么能是你姑妈呢？"长耳枭愤愤不平，"我这辈子还没下过蛋呢，以后也不会下。要我说吧，好多话说出来就没意思了。再说啦，呃——呃——"

"我觉得吧，"基诺口气讥诮，"往那儿一坐，一声不吭，倒是容易落个好名声，让人家以为你博学智慧。"

"你觉得，你觉得！"长耳枭怒气冲冲，"哼！实话告诉你，只要我想说，可说的东西多着呢！嗯，嗯，比如一瓶子不响半瓶子咣当啦，庸人自扰啦，隔墙有耳啦。大人说话小孩子别插嘴啦，还有好多好多智慧格言呢！"

"这些话，以前好像都听过呀。"基诺不以为然，"一句新鲜的都没有。"

"哼，算你对！"长耳枭气粗一哼，呼吸有些急促起来，"那你听听这个——失火时，别乱跑，赶到最近的出口去！"

"这句我可没听过。"基诺承认。

"没听过吧，就知道你没听过！可我呢，见多识广。"长耳枭眼睛眨得飞快，这么一来，看上去树上仿佛根本没有一只鸟，倒有两只萤火虫在飞舞。

"可是，"基诺边想边说，"这句话好像没什么道理。要是真有道理，妈妈肯定会教给我。你说的其他话她都教过我。"

基诺和长耳枭相对无言。最后，长耳枭大声说："你真是个粗鲁的男孩子，肯定不会有好果子吃！"

他们都没注意，法琳已经离开了先前吃草的地方，站在黑暗中，离他们不远。法琳一开口，基诺和长耳枭都惊得一跳。

"长耳枭先生，您这句话有些过分了！"

"过分！嗬，太太，您说我过分！我老实告诉您，他要是我的孩子，我不好好啄他一顿才怪呢！"

"你倒是来试试！"基诺嘲笑他。

长耳枭生着闷气，不言语。

"长耳枭先生，别这样。"法琳好声好气地求他，"请您别生气。"

"太太，我生气！老实告诉您……"

可他说不出话来，只把两爪并得更拢，耸着肩，呆立不动，气哼哼倔强地缄口不言。

"你是想挽回自己博学智慧的名声吧？"基诺道，但遭到妈妈法琳的训斥："儿子，想想你爸爸是怎么说的，要懂礼貌。走吧，格丽在等咱们，该回家了。"

他们已经走远，但长耳枭的号叫却追在身后："嗷咦，这年月啊！嗷咦，小孩子没规矩啊！"

长耳枭把带尖钩的喙深深埋入自己胸前乱糟糟的羽毛里，等着过一会儿迎接太阳。

"这两句听起来好像没说错？"长耳枭没把握，暗自嘀咕。

基诺刚想问妈妈长耳枭那两声吼是什么意思，突然看到一道黑影站在空地上等着他们。基诺猛地驻足，要发出警报，但一道深沉的声音让他心安下来："别害怕，孩子，是爸爸。"

一家子欢聚一起，把谨慎小心的原则完全抛到脑后，因为他们都知道，要是有危险，斑比早就感觉到了。

互相问候之后，斑比说："儿子，听到了关于你的报告，我挺满意。你也许还有些不够礼貌，但已经学会不少生存的道理，你很快就能学以致用了。"

"爸爸，我没听懂。"

"你们的妈妈要和我一起远行。"

"不管我们了吗？"

法琳惴惴不安地问："斑比，你真觉得孩子们已经准备好了？"

"能教的你都已教给他们了。总有一天，他们必须自己去面对森林里的重重危险。"

格丽打了个寒战。

"我害怕，爸爸。"

"但愿你真的会害怕。"斑比语气凝重，"我感觉你过于疏忽大意、过于自信。你们现在要单独生活了，必须加倍警觉、加倍小心。没站在上风头时绝不要行动，听到朋友们的警报，绝不能置之不理。知道哪些动物是朋友吗？"

基诺背道："喜鹊、松鸦……"

"乌鸦、松鼠、黑鹂……"格丽插嘴。

"一发现有危险，"斑比告诫孩子们，"就赶紧钻到最茂密的灌木丛里去。特别，特别要当心'人'。只有'人'，在远处也能伤到甚至杀死我们。'人'和他的狗是丛林里的头号危险，但他们几乎只在白天打猎。记住，黑夜才最安全。还有一点，任何情况下，都绝对、绝对不可以呼唤你们的妈妈。"

"为什么不行？"格丽支支吾吾地问。

"这是我们鹿族的法律，绝不可违反。过些日子，妈妈就会回到你们身边。希望那时候，妈妈听说的全是关于你们的好消息。"

"那好吧，爸爸。"基诺顺从地回答，自信地看着父亲。法琳叹了口气。这两父子此时此刻多么相似啊，她想。

斑比转过身去。

"我会再来找你的，法琳。"斑比说完后便走了。

一天，日头已近正午，基诺被一阵叶子的沙沙响惊醒。法琳穿过灌木丛飞奔而去。格丽摇摇晃晃地站起来。

"妈妈！妈妈！"她大声叫着。

基诺镇定地看着她，眼中多了一份新的使命感和权威。

"安静！"他命令道，"不许叫！"

"可妈妈走了，没带上我们……"

"爸爸交代过的。现在趴下吧，咱们得睡觉了。"

格丽百般不愿地服从了。他们毕竟还小，伴着鸟愉快的歌唱，很快又入梦乡。

第六章

妈妈离开的日子里，格丽和基诺天天兴奋不已。他们喜欢假装自己已经长大，一举一动处处谨慎，细细嗅闻，分析风中的气味，细细查看每一道黑影，只在夜色浓重时才离开藏身之地，第一道晨光亮起便急急往回赶。

松鼠佩莉观察着孩子们的举动，十分赞赏。她小珠子般的快乐眼睛里满是回忆。

"啊，"她说，"我还记得清清楚楚，第一次自己找到坚果时的情景！那颗坚果呀，我跟你们说，还真是又大又漂亮，堪称榛子之王。至今唇齿留香呢！"她看着孩子们，心中满怀思念。

"你有没有听到些我们父母的消息？"基诺打听。

"没有。不过，请相信，如果有什么意外发生，我肯定马上就知道了。坏消息传千里啊……"佩莉停下来，竖起耳朵听声响，大尾巴也立了起来，比她的脑袋还高。"有些不对劲。"她忧心地说，"今天一整天我都感觉好像有什么不对劲！"

"是我们的爸爸妈妈吗？"基诺吓得出了声。

"不，不！跟他们没关系，但应该是这附近要出事。"

"胡说！"格丽好尖刻，"基诺和我三天来一直在这周围打探侦察，最大的危险也不过是只臭鼬而已。日子白白浪费了，草地那么凉爽，那么绿油油，我们都不能过去。烦死了！"

"嗷咦！嗷咦！"长耳枭飞过他们的头顶，大声叫着。

长耳枭没忘记上次基诺的无礼，也丝毫不打算原谅他。好几次，基诺的神经刚刚平静下来，长耳枭就突然在他头顶怪叫一声——基诺都开始习惯了。

松鼠佩莉边想边说："基诺，你真把长耳枭给惹恼了，这可不明智。他虽然上了年纪，可心眼儿不坏。至于智慧嘛——嗨，咱们谁不觉得自己聪明过人呀？"

"至少，长耳枭在这儿就说明该去草地了。"格丽好轻松，"再不好好跑一跑，我真是心烦得要摔摔打打啦。"

基诺四下瞧瞧——黑鹂在歌唱，啄木鸟敲得树枝笃笃响。头顶上，一群野鸭边鸣叫边飞向原野。一只苍鹭孤独地振翅高飞，神气活现。

"现在还太早，"基诺告诫格丽，"你还不能去。"可灌木丛里的跑动声告诉他，他提醒得太晚了。

黑鹂和啄木鸟突然沉默，松鸦尖声狂叫，喜鹊也大声斥责，小路上的野兔拼了命地一跳，急于逃命。

"格丽！"基诺大喊。

松鼠佩莉像颗子弹般，在高处的树枝间飞快地蹿来蹿去。

"往回跑，傻姑娘！往回跑！"她不住地叫着，但太晚了。

狐狸从小道边冲了出来，快得像一道红色的闪电。格丽听见了他喉间那低沉而充满威胁的吼声。狐狸扑了过来，一口咬住了格丽的肩膀。格丽只觉一阵撕裂的痛，倒了下去。狐狸踩住她的身体，张嘴就要咬她的喉咙。格丽半昏半醒之中，模糊听到哥哥焦虑的呼唤和佩莉急切的嘶喊。随即，一声短暂的雷鸣，狐狸仿佛遭到重击，一下子飞了出去，沉重地朝一旁倒下。彻底失去意识之前，格丽听到一阵又陌生又令她迷惑的声音，像是刻意而缓慢的马蹄声。什么东西在俯身看着她，那东西的气味无比恐怖。

"可怜的小东西！"一道低沉而有力的声音。

在格丽的上方，一位守林人弯下了腰——他的脸蛋被太阳晒得黢黑，一头褐色的头发，一对明亮的蓝眼睛，身着褐色与蓝色相间的猎装和衬衫，脚上是褐色的重靴，打着皮绑腿。守林人跪了下来，检查格丽的伤势。

"肌肉给咬伤了。"仔细查看之后，守林人说，"会长好的。我们会好好照顾你。幸亏我就在附近。"

守林人把枪挂到左肩上，抱起了受伤的小鹿。对林间那些守望的动物来说，他的脚步声就好比轰隆临头的厄运。

基诺实在难以忍受，发疯一般远远跑开，脑筋被这可怕的灾难完全搅糊涂了，彻底忘掉了父亲明确的禁令。

"妈妈！"他尖叫着，"妈妈！"

妈妈法琳现身时，基诺甚至视而不见，只管继续没头没脑绕着大圈子跑，一面跑一面哭喊着："妈妈！妈妈！"

"基诺！"法琳厉声回答，"我在这儿呢！出了什么事？"

基诺喉头哽咽："格丽！格丽她……"

斑比一跃而出。

"爸爸！"

"儿子，怎么了？"斑比深沉的喉音虽威严，但透着亲切。

"是格丽……狐狸……和'人'！"

基诺断断续续，把经过说完。三头鹿沉默地站着，三颗心都在无声煎熬——这种痛苦，只有动物们才能体会。

"带我们去那里看看。"斑比终于开口。

基诺领着斑比爸爸和法琳妈妈，回到狐狸倒下的地方。空气中浓重的血腥味，令他们鼻子好难受。

"有时，'人'也会主持正义。"斑比说。

"你是不是认为……"尽管不抱什么希望，法琳还是这样问道。她想到了……她和斑比都想到了戈波，"你觉得会不会……"

斑比低头嗅着土地，沿着小路，走进一片黑暗的草地。往后的几天，斑比都没有回到家人身旁。

第七章

第二天，林中居民纷纷各自检讨格丽的"死因"。

"不是我的错，"喜鹊发出道德宣言，"我当时拼了命狂叫呢。"

"我也是呀！"松鸦争辩道，简直要打架了。别的动物以前曾怪他太大意，他至今没齿不忘。

"哎哟哟，"野兔结结巴巴地说，"我没办法呀。老天爷！我个头儿又小，又没有长角，连能咬得动东西的好牙都不剩几颗啦。可是，可是我以前警告过格丽要提防狐狸呀！我说过！真的，我发誓，真的警告过她！"

"看来，原因确凿无疑了，"松鼠佩莉叹道，"格丽就是自己太不小心。"

长耳枭悄无声息地飞了过来，落在橡树枝上。

"没准儿她能得个教训。"长耳枭道，"我总说啊，一朝被蛇咬，十年怕井绳。可是呢，破罐子破摔呢，也是事实。这样推理来推理去，还真是扯不清。"

一群大山雀兴奋不已，彼此叽叽咕咕："长耳枭太聪明了！真是太聪明了！"

不那么容易激动的知更鸟挖苦他们道："你们叽叽咕咕地说什么呢？"

长耳枭迷迷瞪瞪，朝众人眨眨眼睛。

"我说呀，"长耳枭自以为是，"要是格丽真能从'人'那里逃掉，虽说可能吃点苦头，但应该能长些心眼儿。"

法琳呼吸急促，心头既担忧又抱希望。

"啊，"她恳求道，"别再让我受这种煎熬啦！你们觉得格丽还活着吗？"

"我觉得——"长耳枭做深思状，开了口，但一听树下山雀们的窃笑，又闭嘴不说了。

"树下头的，守点规矩！"松鸦好奇心尤其重，大声喊道，"长耳枭，你快说说。"

"我说嘛，"长耳枭的喙开合了好几下，一副公正严明的神气，"我可不是随便瞎想，我是真的知道。"

"你知道格丽还活着？"基诺高兴地喊道。

"是的，小子！我可不想白费口舌。也就是说——长话短说吧，我看到'人'抱着格丽，经过水洼旁边我的树底下。格丽一直在挣扎，我觉得吧，'人'像是在安抚她呢。你们没准儿难以置信，但我的眼睛可好使啦，尤其在夜里头。我看到的情况就是这些。我还想帮帮格丽呢，特意飞得很低，使劲用最难听的话骂'人'。可是他没反应，要么是没听懂，要么是不想跟我斗。"

"嘿，都听着！"知更鸟鲜红的胸膛起伏，猛吐一口气，"就算我不聪明吧，但要我相信你和'人'单挑，那是万万不可能的！"

"哎呀！"长耳枭口气轻松，"我敢肯定，'人'对成语没啥研究。我总是说呀，无知是福，难得糊涂……"

"安静！"知更鸟向前踱几步，眼睛瞪得圆溜溜，"你接着说！"

"最后，我跟着'人'飞了好久，都快到'人'在这附近修建的大窝那儿了。'人'把格丽带回大窝去了。那里呢，凑巧有一只我认识的角枭。他说吧，'人'的大窝无聊得很，不过还算舒服。于是，我就飞回来告诉斑比。就这样。"

"啊！长耳枭先生！"基诺脱口而出，"请原谅我以前的无礼吧！"

长耳枭一只眼睛瞪得溜溜圆，盯着基诺说："没什么可原谅的。"他的语气和善得出人意料，"我总是说呀，男孩子就是男孩子。"

法琳和天下所有的母亲一样，刚刚担心完女儿是生是死，接着就担心女儿过得是好是坏了。

不过，长耳枭一锤定音道："留得青山在，不怕没柴烧！"起码基诺听了这话，心里好受很多。

自从格丽失踪，法琳每每在草地上遇见罗拉和她的孩子，看到罗拉对拉娜加倍地操心疼爱，她的心万分煎熬；而看到博索瞪眼睛、竖耳朵、耸鼻子，仔仔细细不断搜索每道阴影，仿佛在说"要是我当时在场，绝不会出这种事"，基诺也难过不已。

后来，法琳和基诺不再去草地那边了。法琳在森林深处发现了另一大片空地，这让她又迷惑又好奇。

"从前这边有好多大橡树呢。"她嗅着树桩，说道，"你觉得这里发生了什么事？"

基诺对树桩可没兴趣。来这儿的路上，他和野兔聊了一阵子——自从狐狸被打死，野兔心情大好，他先头还遇到了一只田鼠。

"一般呢，我不大和田鼠打交道。"野兔强调，"真的，交道很少。不过田鼠们跑过的地方确实多。他们去过的地方呀，老天爷保佑，我都不敢走近！有一只田鼠去过'人'的大窝——长耳枭就是这么叫的吧？真是没见识的鸟！田鼠去那儿是为了找奶酪的。简直无法想象老天爷——有些动物真是什么怪味道都能下咽！不过呢，那只田鼠说看到格丽了。他还说，他总在'人'的窝里蹿进蹿出。那么，格丽肯定也可以跑出来呀。当然咯，你会说田鼠的个头小多了。不过呢，能有一线希望总是好事。

055

记得告诉你妈妈哦，我总是说呀，你妈妈真是了不起的女人……"

基诺把野兔这番话告诉正挨个嗅着橡树桩的妈妈，可妈妈并没高兴起来。

"我担心，格丽以后会变成戈波。"法琳叹口气，"戈波从'人'那儿回来后，就一肚子傲气，总以为和'人'成了朋友。结果呢，你也想得到——他被'人'用猎枪打死了。"

"太可怕了！"基诺倒抽一口凉气。

"所以，你该明白我为何高兴不起来了吧。格丽那么任性，可又容易受影响。"

母子心情沉重，朝空地里走去。这里土地肥沃，草木茂盛。低矮的榛树郁郁葱葱，小白杨向着太阳奋力成长；接骨木、黑刺李和女贞密密麻麻，互相纠缠在一起；幼嫩的绿草铺满大地。

老橡树的根都还活着。粗厚的树皮里，新芽已经冒头。绿油油的，胀满了又甜又苦的汁液。基诺觉得，有生以来还从没吃过这么好吃的东西。

基诺和法琳都不知道，这块空地上常有驼鹿出没。光线恰当时——月光朦胧或乌云遮月——驼鹿就从四面八方齐聚这里。这样一头巨兽走进空地时，基诺嘴里正好塞满了好吃的嫩芽。起先，他还以为看到的是一片庞大而扭曲的影子。但很快，又出现了第二头、第三头，还来了另外四头组成的驼鹿群。基诺这才真真切切地感受到这些巨兽，他吓得赶紧找妈妈，而法琳也看到了驼鹿。鹿的胆子小，见到大型动物就会害怕得不得了，法琳也不例外。基诺气喘吁吁，连珠炮般向妈妈发问，而法琳哆哆嗦嗦，连话都说不好了。

"吧——哦！"她尖叫着撒腿就跑。小路上，她的尖叫声"吧——哦！吧——哦！"渐渐飘散。

见妈妈怕成这样，基诺也吓得动弹不得，好一会儿才感到身体里有了股力量，赶紧飞奔追赶妈妈。基诺紧绷的腰背在低矮的灌木丛中闪一下便消失不见，只有他模仿母亲的呐喊声仍在空地上回荡。

"吧——哦！吧——哦！吧——哦！"

回到惯常的栖身地，鸟儿、小动物都胆战心惊，聚到一起，询问基诺和法琳到底为何受到如此惊吓。

"法琳，到底怎么回事呀？"松鼠佩莉问。

"哦！哦！哦！天哪！"法琳瑟瑟发抖。

野兔后腿站立，从左转到右，从右转到左，活像个陀螺。

"哎哟哟！老天保佑我哟！"野兔嘀嘀咕咕，"我什么也没闻到呀，向天发誓！我还是闻到什么了？天哪，到底是什么东西呀？"

知更鸟从被雷劈死的杨树树顶笔直飞下来。

"我什么也没看到,"他斩钉截铁地说,"什么也没看到!"

"是驼鹿王子呀!"法琳呻吟,"我们看到王子们了!"

佩莉放下心来,弹弹舌头:"啧,啧,不过是比你体形大些的鹿嘛,你也太大惊小怪了!法琳,他们看起来跟你们真的没什么差别,而且也全无危险。"

"什么鬼话!"法琳斥责道,"他们多粗野、多丑陋,就是些怪兽……"

基诺也平静下来,有些同意佩莉的看法——那些巨兽的大角刚磨过,看起来的确很像自己的父亲。长耳枭端坐在松树的矮枝上,拉开大家一段距离,正细细观赏一丛野生百里香。自打那次带来格丽被救的消息后,他经常造访这片空地。

"长耳枭先生,有什么事吗?"基诺问道。

长耳枭眼睛闪亮,盯住百里香,看都不看基诺一眼。

"我今晚碰到了个老伙计。"长耳枭生硬地回答,"他提出的那理论,我非驳倒不可。我在这儿都坐了一晚上啦。那家伙,肯定是个骗子!"

"他说什么了?"基诺问,不由得被长耳枭的好学精神打动。

"他说什么'百里香飞逝①'。"长耳枭很是愤怒,克制着怒火,拖着爪子在树枝上踱了好几步,"我在这树枝上坐了一整晚,可以用五只白老鼠和他的一粒玉米打赌,百里香才不会飞呢!亲爱的基诺呀,你瞧瞧,百里香用什么飞呀,百里香哪有飞行的装置呢!你看到百里香身上有一点翅膀的影子吗?"

基诺仔细打量着百里香,还试着咬了一口。

"飞只怕飞不了,"最后他说,"味道倒是不错呀!"

①百里香飞逝:百里香英文为thyme,与时间time 同音。英语俗语Time flies——时光飞逝。此处戏仿为百里香飞逝。

第八章

　　穿褐色衣服的"人"抱着格丽往家走时,格丽才苏醒过来。开始她拼命挣扎,左冲右撞好一阵。后来终于意识到,抱着自己的这个生物,尽管气味闻起来恶心,走路的方式又那么奇怪笨拙,力气倒是很大。"人"抱着格丽走路,十分轻松,还不时发出低吼,轻轻挠着她的耳背后。

　　来到屋子跟前,"人"抱着格丽,穿过墙上的一个开口进去。他把猎枪随手放在墙角,又不知从哪里多出来一只手,打了水来。尽管格丽十分恐惧,看到如此奇迹,还是非常好奇。那水有一股奇特的味道,比羊齿草还刺鼻。"人"拿了一片好似柔软大树叶的东西,擦拭着格丽的伤口。然后,又用十分灵巧的前掌,打开一张似乎非常结实的蜘蛛网,裹住了格丽撕裂的肌肉。

　　"再咬深一点,""人"咆哮道(格丽发现,细细听他的语调,就能猜出一些咆哮里的意思),"那个浑蛋若伤到你骨头,那麻烦就大了……姑娘,别动!好了!都弄

060

好了！"

　　"人"从格丽身边站起来，用另外一张蜘蛛网擦着前掌。格丽惊恐地发现，"人"脱下了自己的皮肤，还取下了头上顶着的东西。格丽浑身剧烈颤抖，绷带紧紧地绑住了她，这个房间又那么可怕。"人"似乎有自己的一个太阳，可以随意打开、关上。

　　格丽死命挣扎，站了起来，摇摇晃晃，朝墙上那个开口走去。

　　"喂喂喂！"褐色的"人"安抚着格丽，"你不用怕我！过来吧！往这里来！""人"一把抱起格丽，把她放到屋外一个露天处，围绕着这地方的东西，好似一层又一层的藤蔓。格丽跌跌撞撞走过去，用力撞那些藤蔓。可是撞不断。"呵，不喜欢我的疗养院是吧？""人"笑了，"眼下，你在这围栏里待着比在树林里强多了。听我的话，你会习惯的。"

　　格丽听到屋里一阵骚动——那种声势浩大的咆哮，她以前从没听过。一个四条腿的家伙，长着乱蓬蓬的深褐色长毛，比"人"的颜色还要深，连蹦带跳蹿进围栏里。格丽觉得，这个疯狂的怪兽应该是一只狗。想到爸爸斑比曾经叮嘱："'人'和他的狗可是丛林里的头号危险！"格丽吓得都快晕过去了。

　　这只狗跑到格丽身边，粗声大气，嗅来嗅去。这是

061

食肉动物，呼出的气息令格丽作呕。格丽一动不敢动，浑身乱颤。

"海克托！"褐色的"人"大声喝道，"你这家伙，过来！没看到这位女士不喜欢你吗？快走开！"

那狗立刻退出围栏，一屁股坐下。大舌头长长地垂在钢铁般的下颚外，亮晶晶的眼睛好奇地注视着格丽。褐色的"人"又轻轻挠了挠格丽的耳后。

"不用害怕海克托，他不会伤害你。"

然而，格丽还是害怕，害怕海克托，害怕"人"，害怕眼下身处的这个地方，还有这四周长得那么规律、坚不可摧的藤蔓。雨下了一阵，停了。在新月浅淡的光芒里，这藤蔓也闪着特殊的光，跟森林里的任何草木都不一样。格丽好几次试着撞上去，但身上的绷带妨碍了她。此时，她才注意到，这藤蔓的主要根茎上还长着另一个东西，结构很规则，就像蜂巢，格丽没办法把鼻子挤过去。

格丽后退几步，好绝望，浑身颤抖，就像秋风吹过草地，心里难受极了。眼下只有一件好事——"人"和狗都不在，就剩她自己了。

格丽原以为只有自己，忽然，一阵狂野大叫刺痛了她敏感的耳朵，把她惊呆了。

"呜——呼——哦——哦！"

格丽猛地转身，惊慌失措，简直站不稳。原来，围栏一角的笼子里，一只个头儿好大的角枭站在横杠上，正怒气冲冲地盯着她。

"天哪！求求你。"格丽喘着粗气，"我什么也没做！我也不想待在这儿！别杀我……！"

"我没法伤害你。"角枭阴郁地回答，"就算有这个心，也没这个力。我出不来，跟你一样，也是囚犯。"

角枭愤愤地咬着自己的喙。角枭和狗一样，都是食肉动物，散发出让格丽难以忍受的气味。格丽不敢接近，但随着夜晚慢慢过去，她的恐惧也渐渐减少。格丽筋疲力尽，卧在一丛杂草上，四处张望。朦胧的月色中，围栏一侧是貌似一望无际的开阔原野，更近些的另一侧，则是如乌云压阵的森林。

格丽垂头丧气，遥想森林里的法琳和基诺，他们都能随心所欲地游荡——不知基诺是否违背爸爸的命令，呼唤妈妈帮忙了？家人会不会都以为她死了？

伤痛和绝望袭上心头，格丽再度浑身颤抖不已。她眼睛里满是泪水——动物们原是很少流泪的啊。然而，夜色如此温柔，格丽疲惫不堪。虽心里老大不情愿，竟还是沉沉睡去。

几个钟头后，格丽苏醒过来。山谷就像一只金色的大碗，阳光宛若一张大网，笼罩在树木之上。光影斑驳，朝西方飘移而去。一种格丽从没听过的声音响彻这刚刚启幕一天的天空——这是一首澎湃的歌曲，自由自在、光芒四射，全世界似乎都在侧耳聆听。

通常夜里从不睡觉的格丽，在这首歌中听到了自己生命中全部的爱与幸福。这首曲子抚平了她的忧伤，希望重新在心中萌发。

"告诉我，"格丽小声对沉思的角枭说，"是谁唱得这么好听啊？"

"谁唱得这么好听啊？"角枭认真地扬起头，"哦，那个呀！不过是一只不足为奇的鸟罢了，长相也一般，叫作云雀。"

"云雀住在天上吗？"

"云雀住在天上吗？"角枭似乎有个习惯，总要重复他听到的最后一句话，"不，不！云雀傻头傻脑，连在树上筑巢都不会。云雀就住在地上，生存条件差得很！我认识的鸟里头，就数它最惨，没什么值得一提的东西！"

"可云雀唱得真好听，我好喜欢呀！"

"是呀，是不错！"角枭想了想，表示同意，"听惯了也不过如此。从早到晚，云雀在那儿唱个不停，和蟋蟀、青蛙一个样。"

就在近旁，一只公鸡打鸣了："喔——喔——喔——！"另外一只离得远些的公鸡发出回应，第三只也远远地加入进来。格丽一跃而起，想起了森林里的锦鸡，想起锦鸡每次从栖息地振翅飞上树梢时，那尖厉刺耳的鸣叫。

"那是什么呀？"格丽问。

"那个呀，"角枭神色凌厉，"那是只大肥鸟的瞎嚷嚷！这些家伙最是横行霸道、无聊自负、脑袋空空！叫作家鸡。打鸣的是公鸡，等会儿你还会见到一只。他会领着他那十四个母鸡老婆，趾高气扬地走过来。这只公鸡从不照顾自己的老婆们，还总是一副了不得的老爷派头。要我说呀，"角枭眼睛眨得飞快，每说一个字就狠啄一下空气，"只要把他单独跟我关到一起五分钟，看我怎么收拾他！只要五分钟！"

角枭堕入沉思，痴迷地想象着自己如何在旁边的农场里大发神威。格丽到处张望。西边那辽阔的原野，是一片片人类栽培的农田——小麦、大麦、卷心菜和土豆，把大地分成了棋盘格子。围栏右边是一片高高的燕麦田。她正向那里张望，忽听到田地里有沙沙的响动——几只鹿溜出燕麦田，奔向森林。

　　"我一族的同伴！"格丽结结巴巴地说，"虽然不知道他们叫什么，可他们是我族类的同伴！"

　　"他们天天晚上都来的。"角枭告诉她，"这很危险，因为'人'有时会埋伏起来，就等着他们来。不过，他们每次都逃掉了。"

　　"真不知道会有鹿到这儿来呢。"格丽坦言。

　　"是燕麦把他们引来的。"角枭聪明地说，"为了活命去觅食，又甘愿冒生命危险的，可不止一个呀。"

　　角枭闭上双眼，可是旁边一只母鸡咯咯打鸣，他只好赶紧又睁开眼。

　　"你听听！"他情绪激动，"听见没？那就是只母鸡。叫得多讨人嫌啊！知道她为何吵翻天吗？她刚刚下了个蛋！没天理，真是没天理！虽说每天都要下个蛋，可她是否应当习以为常，不再小题大做呢？是否花过一秒钟时间想一想，老这么咯咯叫，会不会打扰了像我这样敏感的鸟呢？她才不管！老是咯咯叫！咯咯叫！"角枭气得不知该说什么好，只能抓紧站立的杆子，摇晃着身体，满腔无奈。"等着瞧吧！"他阴森森地说，"这些家伙早晚要吃苦头！到时候你会听到，那响动才叫一个大呢！"

几个农场的帮工出现了，他们手握镰刀，前来收割谷子。嗅到他们的气味，格丽吓得到处乱撞。

"别担心。"角枭温和地安慰道，"他们只管自己的事。我发现，'人'分为两种。有些是打猎的，有些则不是。这几个都不是打猎的。"

镰刀在田地中飞舞，谷子堆成了垛。

"等他们收割完庄稼，"角枭说，"就轮到我上场了。"

"轮到你？为什么？你要干什么？"

"你等着瞧吧。"角枭意味深长。

角枭垂下头，头还没来得及藏到翅膀下头，眼睛就已闭上，睡着了。

第九章

　　格丽的作息习惯渐渐改变。如今，她白日清醒，夜晚睡觉。白日里，她尽情沐浴阳光。

　　她不再害怕"人"了。"人"喂格丽三叶草，轻轻挠着她的耳后，让她又舒服又兴奋。她连那只狗也不怕了——海克托虽然吵闹得很，但似乎确实无害，一心只想讨好"人"。撇开这些不谈，还有那一层又一层的藤蔓，把格丽和危险分隔开来。她觉得，这藤蔓是有力的屏障，保护着自己。她逐渐成了一个观察者，兴致盎然地看着世界在她面前展开。

　　受角枭的影响，格丽对家鸡们也十分刻薄。那只小公鸡浑身金黄，尾羽高高耸起，鸡冠鲜红饱满——每次他昂首挺胸地走过，格丽都恨不得角枭能挣脱束缚，狠狠教训他一顿。习惯了森林里自由生活的格丽，认为那些贪吃又吵闹的家鸡一文不值，又肥又蠢，只是奴才中的一员。

　　尽管格丽已经习惯了"人"，但她绝不会讨好他。鹿和"人"之间不过是暂时的和平。终有一天，格丽会逃之夭夭，那时和平也将终结。

逃离！她仍会突如其来地梦到林中空地，梦到挂满露珠的山坡，梦到薄雾迷蒙的溪流。记忆中，基诺小鼓般锤击地面的蹄声、法琳温柔平和的嗓音依然鲜明。每逢想到这些，格丽便心烦意乱，在围栏里跑来跑去，黑鼻子搜寻着遥远的气息，灵敏的耳朵试图捕捉她已听不到的家人的生活日常。

一天，公鸡笨手笨脚地想飞到藤蔓上头。他拼命挺着胸，拍打着翅膀，发出的声响就像林中劲风吹过板栗树。他双腿挣动使劲，仿佛在攀登一层层唯有他才看得见的空中台阶。他掉了下来，尖声发着牢骚。那些肥胖的母鸡焦虑地围绕着他，好像他刚刚尝试了什么令人屏息的壮举。格丽听到角枭在笼子里嘟嘟囔囔，还呼着粗气。为了转移他的注意力，格丽问："上次你不是说要轮到你上场了吗？你要干什么呢？"

"轮到我？"角枭重复道，"你提这茬儿干吗？"

"你答应过要告诉我的。"格丽温柔地说，"我等了好久啦。"

"嗯，"角枭说，"我本以为早就要发生了，不过谢天谢地，还没有。"

格丽走到鸟笼前头。"我以前可怕你了，可现在真难想象我当初为何那样认为。"她沉思道，"我以前觉得你好臭。"

"你这么想过吗？"角枭高傲地回答，"我很高兴你现在改变想法了。"

"喔，其实并没有。"格丽坦诚地说，"我只是习惯你的味道了。就这样。"

"嗨呀！"角枭吐了口气，"瞧你这话说的呀！"

"对不起，我没想冒犯你。"格丽尽力平息他的火气，"这么说吧，你觉得我闻起来是什么气味？"

"你是什么气味？"角枭收拢了羽毛，好像这样说话会更有分量，"你闻起来嘛，像酸了的牛奶和青草，怪讨人厌的气味……"

"就是啊！"格丽得意地说，"你呢，"她不由得打了个寒噤，"你闻起来有肉和血的味道。"

"肉和血！我觉得这两种味道可香了！"

"也许吧。"格丽叹了口气，"我们还是别吵了。给我讲讲你的事吧。"

"我的事？喔，好吧。长话短说，我呢，是个诱饵。"

"诱饵！是什么呀？你不是个骗子吧？狐狸就是骗子。""狐狸"二字让格丽想起好些事，她又打了个寒噤。

角枭威严十足地回答："我才不是骗子呢，我是诱饵！"

"诱饵到底是什么？"

"诱饵坐在横梁上，腿被锁链拴着，飞不了。"

"多难受啊！为什么诱饵要这样呢？"

"因为这是'人'弄的。然后，'人'躲到所谓的百叶窗后头，拿着猎枪，等我的仇家上门。他们看到我被拴在梁上，就从四面八方跑来嘲笑我。那些胆子特别大的，还敢来啄我一下。"

"仇家？"格丽应声道，"你是说，那些你害怕的动物吗？"

"不。"角枭骄傲地回答，"我说的是那些害怕我的动物。要是有机会呀，我能把他们全当小菜吃了！"他阴沉地说，"我能把他们全撕成碎片！我要把他们的肝都挖出来吃掉，我绝对会这样做，你信不信？"

"我信，我信。"格丽心不在焉地同意道。她看着角枭气冲冲地跺着脚爪，在横梁上踱来踱去，身上每根羽毛都气鼓鼓地竖起来。格丽从没想过，不仅你害怕的动物，而且害怕你的动物也是仇家。天哪，她有些绝望地想——那世界上到处都是仇家了！

"可我没法子做到！"角枭继续发着牢骚，"我只能蹲在这儿，装作毫不在意。他们成群结队地过来找碴儿，一来几十只，大部分是乌鸦，还有几只鹰和秃鹫，还有乱哄哄的一群小崽子——喜鹊、松鸦什么的，都想来给我点颜色瞧瞧。要不了多久，那些胆子大的还真敢来啄我。他们飞下来，满口嚷嚷着要跟我好好打一架，然后呢，砰砰砰！猎枪就把他们全打死啦！"

"猎枪！可为什么你没被打死呢？"

"我自然也花了一番功夫琢磨这个问题，你知道我怎么看吗？"角枭瞪圆了一只精明的眼，盯着格丽说，"我觉得，'人'应该有什么办法，可以掌控猎枪的方向。并不是只要猎枪一声响，就一定有谁会被打死。我细细观察过，有时猎枪虽然打响了，可并没什么死伤！要是鸟够机敏，逃脱的办法可多呢……"角枭悲哀地摇摇头，"不过，恐怕只有燕子才能那么灵巧，我这个身量是不行了。我喜欢堂堂正正地打一架。"

"可怜的角枭呀。"格丽轻轻说，"再给我讲讲你做诱饵的故事吧。"

"我刚才也说了，最先来的是乌鸦。他们闹出的动静惊天动地，很远就能听到。我跟你说呀，乌鸦机灵着呢，一般很难把他们引到猎枪附近。可他们都急着要来讥笑我，没头没脑地嚷嚷着：'那不是角枭吗！那个袭击我们鸟窝的强盗！那个杀害无辜的凶手！'全是废话！他们自己才是天底下最最无法无天的恶棍呢！他们一面嚷嚷，一面越飞越近，壮着胆子想来啄我的眼睛，然后呢——砰砰砰！都被猎枪解决啦！"

"还有别的什么鸟吗？"

"我不是说过吗，天上飞的蟊贼们、恶棍们都会过来。这才是可笑的地方。你听过一句老话'放贼捉贼'没有？这话有道理。那些混账鸟，叫着嚷着，控诉自己饱受折磨、惨遭不公，呼喊着要让天底下所有的乌鸦、鹰隼和秃鹫都能安全飞翔——听久了，你都会觉得他们都是刚刚破壳而出的小鸡崽，从没起过坏心眼似的！不过呢，好也罢，坏也罢，反正猎枪砰砰砰，把他们统统打下来。还有一点我得说说，'人'挑目标的时候，总让我觉得吧，'人'好像知道这些鸟的脾性。我在这边从没见猎枪打过鹧鸪、云雀或山雀。仔细想想，也没见打过枭，尽管有只长耳枭偶尔跑过来跟我聊聊天。

"有一次，几只鹗跑来找我的麻烦，我跟你说呀，鹗可真不好对付。我看他们来了，就从横梁上下来——锁链系在绳子上，足够长，我可以下到地面上去——我下到地面，仰天躺着。要和天上俯冲下来的对手干架，这是最好的姿势。虽说平时被关在笼子里，但我总把爪子磨得锋利。我想吧，就算输了，也不能让这些鹗占了便宜。其实也无所谓。我宁可好好干一仗，战死沙场，总比待在这鬼地方慢慢腐烂好得多。"

"别这么说！"格丽哀求道，"你还这么强壮健康呢，还这么帅气！"

"健康有什么用，力气有什么用？"角枭暴躁地追问，"你以为'人'真的允许我跟鹗打架吗？当然不！砰砰砰，猎枪一上，全完啦！"

"你这样说，好像羡慕那些鸟似的？"

"我是真的羡慕他们。那些可恶的蟊贼，至少死得自由。他们胡作非为地活过了，死也死得痛快，夫复何求啊？"

听完一席话，格丽心里很难过。幸亏还有不知疲倦的云雀一直唱着，她才有了些勇气，思索是否还有希望。可那只角枭对音乐不感兴趣，顾自陷入深深的绝望。

第十章

斑比独自踏上了一条陌生的路。

基诺徒劳地追问着爸爸的消息，可妈妈也没法告诉他什么。法琳心里很着急。虽说她早已习惯了斑比时常不在身边，可还从未有过这么久杳无音信。

有一回，基诺说："自从格丽不见了，我们也把爸爸给丢了。"

真的吗？斑比离开自己了吗？或者，更可能的是，斑比遭遇了意外？

法琳知道，斑比对森林了如指掌，他的生存技能早已成为林中传奇。他是不是遭遇敌人袭击了？不，不可能！斑比不会被"人"俘虏或欺骗，也不会被猎枪打倒。

法琳与松鼠佩莉商量，佩莉让她定下心："我们都没听说有任何动物被打死的消息。"

林中的其他守望者聚集到一起，确证了佩莉的断言。假如斑比真的倒下，噩耗肯定已传遍整座森林。

长耳枭似乎知道真正的答案。

"斑比在寻找格丽。"他斩钉截铁地说。

他真说对了。

一想起戈波的往事，斑比虽不愿承认，但心中总不免十分焦虑。自打在林中小路上嗅到了"人"的气息后，斑比一想到个中含义就心焦，他坚定地要救出女儿，无论付出什么代价。

但他并不盲目冲动。莽撞行事完全不符合他的气质。斑比机敏谨慎，小心翼翼地追踪着"人"的足迹，用上了自己在林中学会的全部本领。斑比一路穿过森林，直到尽头才停了下来。

一片辽阔的原野在他面前铺开，无遮无挡，绝无穿越而不被察觉的可能。斑比没有上前，转而掉头进了灌木丛，思考下一步的行动。天空逐渐昏暗，开始下雨——突如其来、猛烈的阵雨抽打着一切，深深渗入地面。雨水在扭曲的树根上汇聚成流，急速往下淌。

斑比飞快地跑到森林边缘。前方几米的树影下，脚印还很清晰，更远处便消失无踪，雨水将脚印冲刷得一干二净。

眼下，斑比没法再追上"人"了，但斑比并未放弃。他决定等待。然而三天过去了，"人"都没有再回来。于是，斑比决定换一个办法——而这个新办法，对于鹿来说，需要十足的英雄气概。他不时走到森林草木最稀疏的地方，故意显露形迹，就像角枭一样，扮演着诱饵的角色。有一两次，斑比还闻到了狐狸的味道。他背顶着一棵树，预备和狐狸决一死战，然而最终既没有遇上狐狸，也没有和"人"打上照面。

斑比还不准备离开森林。高耸的树木、茂密的灌木丛、林中的斜坡、小道和隐秘的洞穴，这是他的天地。离开幽深的森林，就好比想要飞上一颗星星，梦想再大胆，也不至于大到那个地步。

不过，斑比在迷宫般的森林里走得越来越远。终于有一天，深紫色的夜幕降临时，他找到了一条路——一条被脚踩实了的窄窄小道，显然是"人"常走的路。尽管上面"人"的气息和足迹已不新鲜，可仍然明显，就像邪恶本身。

斑比低头细嗅着"人"的踪迹，边走边嗅，步子迈得越来越快。在还没完全意识到之前，他已经离开了森林，孤零零地迈上了毫无遮挡的原野。

这条小路通向一栋房子。斑比竖起耳朵、绷紧四条腿、耸动着鼻子，朝房子走近了。清风吹来，各种气味扑面而来。

那只狗——海克托，吠了一声。

斑比立刻在原地站住。

夜幕深沉，斑比宛如一尊铜像，全心警惕防备。他不再是一头胆怯的鹿，对孩子的责任感，让他成为勇气和尊严的化身。

狗没有再吠。周遭一片寂静。种种令人迷惑而不怀好意的气味，又铺天盖地朝斑比袭来——那是食肉动物身上浓烈而酸腐的气味。

其中有一种味道让他觉得特别恶心——腐肉的臭气。那臭气从一个似乎被藤蔓包围的地方飘散出来。斑比小心翼翼，步步靠近。他感到那里还散发着另一种味道，模模糊糊地在夜晚的空气中浮动。那种味道，来自……

他身姿矫健地一跃，跳过了囚禁着她的屏障。

"格丽！"

狗还是没有叫。格丽睡着了吗？她已变得那么懒散大意了吗？"人"的影响难道这么大？

"格丽！"

格丽正梦到云雀，现在那棕色的小鸟对她来说举足轻重。在梦中，格丽看到云雀在湛蓝的天空中飞翔，清脆的歌声就像溪流拍打着水晶般透亮的石子。她看见云雀合拢了翅膀，像石头一般，不言不语，那歌声竟笔直地向大地坠落下去。

整个下午，格丽一直观望着云雀的身姿，欢乐着云雀的欢乐，恐惧着云雀的恐惧。一只隼在空中盘旋，懒洋洋地盘着大圈。云雀朝地面落下，隼也随即跟上——格丽以为云雀这下完了。死一般的沉寂让她痛苦难耐。然后，隼又飞了起来。

在梦中，格丽也等待着。正如那个下午她在现实中的等待。云雀是否已经唱完了珍贵的终曲？不！从棕色土地的缝隙中，那棕色的鸟跳了出来，扬起嗓子，努力唱出了明亮而无畏的高音。

"我活得好好的，格丽！"鸟似乎在对格丽说。

"格丽！"

她猛然睁开眼睛。另外一个声音在呼唤她，这个声音比云雀还要亲切。

"爸爸！"

"我的女儿！"

黑暗中，两只棕黄色的眼睛亮闪闪地看着父女俩。格丽在围栏里没头没脑，东奔西突，她不知自己在做什么，几乎全然发自本能。到了斑比身边，她才安静下来，拼命用鼻子拱着父亲，而以前她从不敢这样。

角枭突然出声："呜——嗟！"

斑比猛然转身，做好战斗准备。

"是谁？"他喊道。

格丽站到角枭的前面。

"爸爸，他是我的朋友。"

"你的朋友……"斑比甚感意外，抵触地说。

"他也是天上的一个王者，可对我很和气……可怜的角枭！他也是个囚徒，有时我觉得他比我还可怜。"

"比你可怜！"

"您能想到吗？"格丽迷迷瞪瞪地说，"能跑能跳还能飞，该有多美妙？可最后还是被关进这么个地方！"

"哼！"斑比厉声道，他看着那包围着他们的桎梏，"飞倒真是个好主意！我猜，你并不愿意待在这儿吧？"他的声音里透出一些焦躁。听到女儿把气味如此恶劣的动物也称作朋友，斑比很是震惊。"格丽，你似乎变了。这个时候，你的同族们都醒着，你却在睡觉。"

"带我回家吧！"格丽哀求道，"别把我留在这里，带我回去吧。"

"我就是为此而来。可到了这里，我反而不确定了……你能跳得过去吗？"

"想都别想！"角枭宣称。

"我能，我能！"格丽坚持道，"只要能从这儿逃走，做什么都可以！"

"那你赶紧试试。"斑比催促着。

格丽跑着，奋力一跃。铁网将她齐胸拦住。她再跳，又跳，一次又一次。

"要是我能把翅膀借给你就好了！"角枭低吼道，伸展出翅膀。一切都是徒劳的——围栏实在太高了。

"你还得学习啊。"斑比对格丽说。他也有些丧气了。

"学习什么呀！"角枭嘀咕着，"个头得长高才行！"

"不！"格丽哭喊着，"我会好好练习，我会成功的。我已经比刚才跳得高了！"

"就要有这种精神！"斑比鼓舞着她，"好好看着。"

他站在原地，纵身一跃就越过了栅栏，落到了外面。

恐惧又攫住了格丽。"爸爸！"她颤声叫道，"别离开我！"

"我每晚都会过来。"斑比向她许诺，"我们一起练习。别灰心。"

格丽听到父亲的蹄子嗒嗒地敲击着干硬平坦的地面——突然间，斑比也紧张起来。他加快速度，向遮掩自己的树林飞奔而去。之后，便悄无声息地藏了起来。

"振作点！"角枭声音阴郁，但仍给格丽打气，"也许还有比这里更惨的地方呢。"

"比这里更惨！"格丽叫道，"怎么可能有那种地方？你自己都说过……"

"我说得太多了。"角枭喃喃道，"是我不好。别把我的话放在心上……只要你爸爸天天晚上过来，事情一定会有转机的。"

可格丽没在听。她又一次朝着困住自己的铁网冲去。

一次又一次，被铁网拦住。

"哎呀，算了。"角枭放弃了，"我也别自寻烦恼了。我睡觉去了。"

角枭知道自己不过是嘴上说说，他夜里从不睡觉。他想，也许自己该提个建议……但格丽完全不搭理他。

第二天早晨，守林人来给格丽喂三叶草，一眼就看出小鹿坐立不安。

"你又怎么啦？"他问道。格丽看到他便跑到角落里蜷缩起来。他飞快地打量着畜栏四周，盯住了地面。"哎哟，老天爷！"他深吸了一口气，"一头雄鹿来过！这家伙的个头儿可真了得！蹄子印足有驼鹿大！"守林人在网边巡视着，"这雄鹿是从这儿进来的吧？跳得漂亮。"他转过身对格丽说，"看来，你的同伴来找你了？你来头不小啊。反正你的伤也快好了。"他大大地敞开了围栏的门。格丽没动。"随你吧，你慢慢来！想吃的话，草我放这儿了。"

守林人朝着房子往回走，边走边通他的烟斗，海克托活蹦乱跳地迎接他。

"坐下！"守林人命令道，"待在房子里，不许出去。"他一屁股坐到安乐椅上，朝躁动的狗吐出烟雾。"海克托，听着，鹿养不长久。所以，以后别把它们当谷仓里的老鼠一样往家里带了！它们养也养不亲。雄鹿会变得越来越暴躁怪异。不过，真是漂亮的动物。"火花从烟斗上溅了出

来。他边思索边嘟囔道："我倒真想给那头雄鹿一枪！"

海克托躺下来，头搁在爪子上，看着主人。

外头，角枭着急地催促着格丽："快，'人'忘关门了！孩子，趁现在还有机会，赶紧跑呀！"

格丽望着敞开的门，还没回过神来。

"快走！"角枭粗声大气地命令道，"别站在那儿发呆！"

角枭话音未落，便看到格丽仰起头来。森林的气息穿透了她的全身。

"再见！"她道别的声音小得几乎听不见。

角枭望着她飞快地越过原野。

"再见啦。"角枭悲哀地说，"偶尔也想想我。"而后，尽管时值正午，他还是狂暴地长啸一声，"嗷——呜呜呜！"

头顶上，本来笔直往前飞的几只乌鸦被这一声吼吓得赶紧转向，然后叽叽喳喳地吵起架来。这战士的咆哮余音也飘到了格丽的耳中，就在窃窃私语的森林重新把她纳入怀抱的一刻。斑比一跃而起，他也听到了角枭的啸叫，更听到了飞奔而来格丽的脚步声。

"格丽！"斑比惊奇地喊道。

父亲拦住了一路狂奔的格丽。

"你怎么逃出来的？你怎么跳过围栏的？"

"我没跳。"格丽想快快地告诉父亲一切，可她不知该怎么解释那藤蔓般的铁网为何开了个口，怎么说也说不清。

最后，斑比说："算了，怎么逃的并不要紧，只要你跑出来了就好。我们还是赶紧去找你妈妈吧。"

父女俩一路小跑，穿过迷宫般的丛林，格丽从未来过这里。跑啊，跑啊，渐渐回到了熟悉的地方。

野兔坐在通往林中空地的小路旁，焦躁不安。

"哎哟，老天呀！哎哟，我的胡子呀！"看到斑比和格丽，野兔都结巴了，"狐狸终于把我搞疯了。这是幻觉，这肯定是幻觉！"

从他身边经过的格丽跟他打招呼："您好呀！"

"你好。"野兔半清醒半迷糊地回答，"哎哟，我的神呀，我还幻听呢！"

空地上，法琳正醒着。耳中突然捕捉到小路上咚咚的蹄声，她绷紧了神经。

"我们到了，到家了！"斑比愉快地喊道。

空地一下子安静了。从树木上、从山丘上，几百只眼睛从各个方位，兴味十足地窥探着。

"格丽！"法琳的声音打战，简直不敢相信。

基诺猛然向前跳了三步："格丽！"

四周的寂静仿佛都在祝福这一家子。

第十一章

简短地和家人说了几句话，斑比便离开了，他还有别的事要操心。一家人又只剩法琳、格丽和基诺了。

松鼠佩莉沿着树枝朝他们跑过来。她坐在上下晃动的树杈上，两只前爪交握在雪白的胸前，纽扣般的眼睛放着光。

"我们大家都很高兴，"她格外风度翩翩地说，"欢迎你的女儿回家，法琳。"

法琳向她点头致意道："谢谢！"

树下的灌木丛里，一群大山雀齐声说："佩莉，别忘了提醒她，来龙去脉我们都要听。"

一只蓝松鸦尖声叫着飞过去道："别光顾着装腔作势，记得提醒她！"

啄木鸟发出一串打小鼓般的咚咚声。

佩莉怨气十足地瞪了蓝松鸦一眼，继续拿腔拿调地说："法琳，要是能听你女儿讲讲这些天的故事，我们真会备感荣幸，备感荣幸。"

法琳说："格丽，愿意跟他们讲讲吗？"

"我也好奇死了！"基诺插嘴道。

"法琳女士，要是不打扰您休息的话，"野兔颤抖着说，"让格丽讲讲她的经历，也是对我大发善心啦。那天我可真是吓坏了。以灵魂和胡子起誓，我真不记得什么时候受过这种惊吓！"

"我很愿意给大家讲讲。"格丽声音清亮，"一身褐色的'人'把我从狐狸口中救出来后，抱着我走小路穿过森林，那片地方我以前还从没去过……"

"天哪！天哪！"大山雀们喳喳叫着，"太精彩了！"

一群喜鹊飞过来，叽叽喳喳吵个没完。

"看呀！"大山雀们嚷起来，"有客人来了！"

喜鹊们都落在一棵树上，对先到的其他鸟又推又搡。

"已经开始了吗？"他们用命令的口气焦躁地问，"我们迟到了？"

一只麻雀傲气十足地俯视着他们，骂道："野蛮的流氓！"

格丽给大家讲到"人"把自己带回了家，拿掉了头上的装饰，还脱掉了身上的皮。

"我才不信！"坐在杨树顶上的一只乌鸦声音低沉。他棕黑相间的眼睛四下张望，希望看到那些黑不溜秋的同伴为他叫好。

"我们也不信！"乌鸦们眼都不眨，异口同声。

"上头的，安静些！"一只松鼠厉声呵斥。

乌鸦们笑作一团。

"哎哟哟！听听，听听！这蠢小子还教训我们呢！嗬嗬嗬！"

"乌鸦也是客人嘛。"大山雀们小声说。

"野蛮的流氓！"那只麻雀又骂了一声。

格丽停下来，等这阵喧嚣过去。她讲起了角枭，喜鹊们立马炸开了锅。

"他是头号大坏蛋！"他们嚷嚷着，"抢窝的强盗！杀手！刽子手！"

"现在你们不应该恨他了！"格丽喊着，"他只是一个可怜的囚犯，只想快点死了才好解脱。"

"他就该死！"乌鸦们嘶哑地叫着，"嗬嗬嗬！让他落到我们爪子里呀！我们可要让他瞧瞧，伤害我们的同伴是要付出代价的！我们要好好教训他一顿！"

格丽差点儿脱口而出，告诉这些乌鸦，要是经常往那儿飞，就会看到被拴在横梁上的角枭。她为自己这个念头而惊恐——她从未怀过如此的坏心。她克制住自己，大声说道："角枭的确和我们不一样，但在有些方面，他比我们都要高尚！"

"格丽！"法琳震惊地呵斥道，"你怎么能说这种话！"

"哎哟！老天呀，"野兔赶忙插话，"非得吵架不可吗？我们接着听故事行不行？法琳女士，您女儿最后怎么从'人'那里逃脱的？"

"她呀，把自己的皮脱掉，扔到藤蔓的那一边，然后从藤蔓里爬了出来，再把皮穿上！"一只乌鸦叫道，众鸟哄堂大笑。

"是爸爸帮我逃脱的。"格丽硬邦邦地说。

"是斑比！"一阵私语散开来，"是斑比的功劳！"

大家都对斑比心怀敬仰，安静下来。

"他怎么做到的？"佩莉问。

格丽告诉大家，那天斑比跳过了栏杆，第二天，"人"看到了斑比的蹄印，就放了自己。

"'人'见都没见到了不起的斑比，还是害怕了！"野兔深吸了一口气，"我的魂儿啊！我的胡子呀！这真是不可思议，实在太妙了。我要告诉林中每个成员，斑比是我的好朋友，也许狐狸就再不敢找我麻烦了！"

佩莉落座的树枝下面，深深的草丛中，响起了低语："连'人'都害怕斑比！"

"斑比应该成为森林之王！"另一个声音说。

动物们三三两两，都在赞叹伟大斑比的勇气。来访的乌鸦和喜鹊飞走了。

"我困了。"格丽没精打采地说。

"你这阵子吃苦了。"法琳温柔地安抚着女儿，"不过，那样说角枭，可不大聪明呀。"

"我以后再也不讲我的经历了。"格丽态度坚决地说，"还有，我希望你和基诺保证也不再提这件事，一个字都不提。"

"可是格丽，"基诺抗议道，"我们总得告诉罗拉姨妈她们呀。"

"不，跟谁也不许提，谁也不许。"格丽不容商量。

"可是，格丽……"

"你妹妹累了。"法琳警告地看了基诺一眼，说道，"乖孩子，你还是休息吧。"

"你们向我保证。"

"好！好！我们保证。"

"你也一样，基诺。"

"既然你非要这样，那好吧。"

格丽身子一歪，躺到草丛里："回家真好！"

她很快就睡着了。法琳以为，等格丽休息够了，就不会再介意那些来访的乌鸦和喜鹊。可格丽那天晚上在草地上和罗拉、拉娜还有博索见面时，她的决心一点也没动摇。

法琳等不及想再见到这一家子。格丽刚失踪时，她感觉罗拉对她有些看法。现在格丽回来了，她终于能驳倒罗拉了。法琳高傲地走着，扬着头，满怀欣喜和自豪，甚至不再像平日那么谨慎了。

法琳觉得孩子们真是长大了。基诺的一举一动，已没有过去的腼腆与笨拙；而格丽也变得越来越美丽——当然，她肩膀上的伤疤有些扎眼，但那总会愈合的。虽然年纪还小，格丽的仪态已经相当优雅大方了。那场不愉快的遭遇似乎并未影响格丽的心情，她依然每天无忧无虑，快乐嬉戏。

罗拉、拉娜和博索看到法琳一家三口缓步走入草地时，简直不能相信自己的眼睛。

他们惊奇万分，齐声呼唤："格丽！格丽！格丽！"

"看到你平安真是太好了，亲爱的格丽！"罗拉说，"你把我们大家都吓坏了！"

"抱歉，让你们担心。"格丽平静地说。

"你看看，这孩子冷静得就像冬天里的冰块嘛！"罗拉说，"回到家难道不兴奋吗？"

"当然兴奋啦。看到您、博索和拉娜，我太高兴了。博索，你跑得还和以前一样快吗？"

"那当然！想见识见识吗？"

"我想听格丽的历险故事。"拉娜说，"看博索奔跑，什么时候不行呀。"

基诺有些别扭："跟他们说说吧，格丽。"

可格丽装作没听见，脚步轻快地跑开了，仿佛激动得按捺不住。孩子们都追了过去。

"那孩子到底怎么了？"罗拉语气轻松地问，准备趴到草地上休息。

"怎么说呢，真是的……"法琳不知该怎么说，"你得自己去问她。"

"问她？你告诉我不就行了？"

"怎么说呢，真是的……"法琳用力咬了一口草，"我自己其实也不太清楚。"她小声说。

"哟，我明白了！"罗拉语音里酸意浓浓，"今天下午开大会的时候，原来你不在呀？"

"开会的时候……"法琳不知所措了。

"难道你还以为整座森林里没人讨论斑比最新的丰功伟绩吗？"

法琳沉默良久，终于开口道："罗拉，是这样的，那些乌鸦，他们……"可没来得及说出些什么，格丽和基诺就从身后冲了出来。

"妈妈，"格丽说，"我今晚没力气再玩耍了。我觉得还是好累。"

"可怜的宝贝！"法琳赶紧起身，"我们现在就回去。

天也有些凉了。"她边说边严厉地看着罗拉。

　　基诺跟着母亲和妹妹走出草地，他满脑子困惑，终于和格丽团聚了，到底满心欢喜。罗拉、博索和拉娜，默默注视着法琳一家远去。

第十二章

"总有一天，你还会再讲你的经历给我听的吧，格丽？"

夜幕降临，到差不多该离开空地，去草地上的时间了。法琳还在睡觉，基诺和格丽小声地聊着天。

时至九月。八月末的几天凉爽得反常，而现在天气再度回暖。

空地周围的树上沉甸甸地结满了果实，饱满得快要爆裂的榛子压弯了榛树枝。橡树们也大获丰收，无数橡子散落在地，群鹿得以享用大餐。

基诺边嚼橡子边问格丽，她很快答道："当然啦，基诺。当然可以跟你讲讲。你什么时候想听都行。"她也小口小口地咬着橡子，"角枭真可怜呀！"她沉吟着，补充道。

"你不愿意谈这件事，是因为他吗？"

"不……我想并不是。"格丽似乎自己也不确定，"我也说不清。我有时会想，我们看重的东西也许不对。还有那些敌人……"

"谁的敌人？"

"我在想角枭的敌人。"

"他怎么会有敌人呢？他怕什么呀？"

"我想，倒不是他害怕别的动物，但你不觉得这才更难懂吗？无所畏惧的，反而把有所畏惧的称为敌人。这样想来，生活仿佛毫无希望似的……"

"我不明白你说的话。"

基诺突然缄口不语——草丛中似有东西在移动，而现在，他看到一个巨大的身影，悄无声息地走来，低着头，仿佛在吃草。

"吧——哦！吧——哦！"基诺猛然尖叫，"国王们来了，妈妈，国王们到这儿来了！"

法琳倏地站起身，惊恐地拔腿就跑。

"基诺，格丽！国王们来了！快跑呀！"

格丽跟着母亲跑了几步，然后停下了。她转过身，望着那些大个子——光是看他们一眼都令人心生恐惧。可他们只是一声不吭地嚼着橡子。格丽站定了，没敢靠近他们，但也没退缩，观望着。

"格丽，快跟上！"基诺急迫地催促着，"你没听明白吗？他们是驼鹿，是鹿中之王呀！你不能留在这儿！"

"我过会儿就来。"格丽镇定地回答。

过了一阵子，格丽和基诺藏身灌木丛中。基诺责备格丽不该如此莽撞。

"你难道没听懂吗？"他气恼地说，"国王们很危险，你得离他们远远的。"

"你怎么知道？"格丽问道。

"怎么这样问？这当然是妈妈告诉我的呀。"

"妈妈怎么知道？"

"你这问题真荒唐，妈妈当然知道。"

格丽从头到脚，打量了基诺一番。

"基诺，"格丽忧心地说，"我们两个都快成年了。到底什么好，什么坏，什么安全，什么危险，不能总听妈妈的。"

"不听妈妈的，你怎么确定呢？"

"不知道，也许得靠自己去体验吧。"格丽转头看法琳。法琳躲在茂密的枝叶后头，畏缩地张望着。"妈妈，国王们为什么危险呢？"

"为什么？"法琳双眼之间出现忧虑的皱纹，"他们当然危险啦。看一眼就知道了。"

"怎么看得出来？"

"你瞧瞧他们——个头这么大，举止也粗鲁，都是些发育过度的家伙！"

"我觉得他们很俊美，叫他们'国王'是实至名归。"格丽一口气说完，"妈妈，你应该觉得爸爸很俊美吧？"

"当然啦！"

"这些驼鹿跟爸爸一样呀。我不明白为什么只因他们体格更大就不美了。"

斑比低沉的嗓音又一次出乎意料地从不远处传来。

"话不是这么说的，我的孩子。"

"的确不是这么说的！"法琳生气地对格丽说，她太恼怒了，几乎都没注意到丈夫，"先是说角枭好，现在又说这些怪兽好，我真不知道你这孩子到底是怎么回事。"

"你好，法琳。"斑比语气温和，"孩子们，你们好。"

法琳和孩子们这才想起应有的礼貌，回应了问候。可法琳怒不可遏。

"斑比，你必须好好教育一下你女儿了。"她坚持道，"再过些时候，她恐怕还要为'人'，还有那些可恶的狗说好话呢！"

"只说驼鹿国王们这件事的话，"斑比一字一句地说，"格丽没有错，国王们是我们的亲戚……"

"可是……"

"我们和他们之间的确存在隔阂，但谁也不知道这隔阂是什么……"

"是恐惧。"格丽斩钉截铁地说。

"也许吧。不过我发现，恐惧总需要沃土才能扎根。无须恐惧时，恐惧会很快消散。我们不能以恐惧为借口蒙蔽自己的眼睛。蒙蔽了眼睛，恐惧就会变成仇恨，而仇恨本身是丑恶的。每当我们用仇恨的眼睛来看待驼鹿们，就会觉得他们丑恶了。"

"可是，斑比……"

"好好看看他们吧，法琳，不要带着偏见、恐惧和仇恨。你会看到，他们身上的威力也是美的。格丽发现了这一点，也许，她的眼界被打开得太早，可我们中的其他人还需要学习。"

"我还以为，"法琳气鼓鼓地说，"她肩上的伤疤会提醒她别学得太快了。"

"这一点你言之有理，法琳。"斑比看着格丽说。共同遭遇守林人之后，格丽和斑比之间建立了更深的纽带关系。表面看来，就像林中所有的父女关系一样，斑比依然威严十足，有时甚至疏远女儿，但心底里，他们彼此陪伴、相互理解。"格丽，无论你有什么疑问，无论如何猜测，都要记住，我们一族必须恪守'小心谨慎'这条真理，绝不能因为好奇而莽撞行事。"

黑暗笼罩了森林。驼鹿们离开这里，往树桩遍布的家园走去。法琳、格丽和基诺朝往常的草地走去。斑比仍驻足此地，看着家人走远。

小路旁、草地上、林中的空地里，到处点缀着淡紫色的秋水仙。花朵一丛一丛地挤在一起，仿佛已预感到寒冷的来临，不堪重负，瘦小纤弱。

"看到这些花朵，"法琳忧伤地说，"就知道无忧无虑的好日子快过去了。很快，冬日寒风和大雪就要降临到我们头上。"

"冬天很长吗？"基诺问道。

"是的，有时长得好像永无尽头。"

"冬天什么时候来？"

"谁也说不准，但是快了。"

他们站在池塘边的苹果树下。

"冬天到来之前，提前操心也没什么意义。"格丽说。

长耳枭的声音从苹果树枝头飘来。"今日事，今日毕。"他语气庄严。

法琳一家都抬起头来欢迎他。

"不过，"他继续说，"事情往往不像看起来那么糟糕，这也是事实。"

"你说的话，"基诺有些烦躁，"总是互相矛盾。"

"当然矛盾啦。"长耳枭语焉不详，"不然，怎么能一直保持中庸之道呢？"

"我想我明白你的意思。"格丽沉吟道，"这和爸爸说的话也有些关系。爱和恨都是很极端的情绪，而在这两者之间……"

"才有宽容和自由。"长耳枭尖锐地说。

法琳一边吃草一边说:"这些话听起来显得很聪明,可我知道,冬天十分艰难,危险四伏。格丽,你连一个冬天都还没经历过,话说得这么自信恐怕不妥。"

"妈妈,我才不怕过冬。"

"对一件事毫无所知,就说不怕,这很愚蠢。"

"初生牛犊不怕虎。"长耳枭一字一句地说。

"我觉得这里头也有个矛盾。"基诺说。

"当然有。在说刚才那句话之前,我总会想起另一句:不入虎穴,焉得虎子。"

"的确。"法琳突然庄严而权威十足地说,"把这两句放在一起,就能看出这样一个道理——面临艰难困苦之前,先了解清楚情况,才是明智的。等到树叶凋零,'人'背着猎枪出现时,最好知道该怎么藏,藏到哪儿去。"

"有谁过来了!"长耳枭发出警报。

三只鹿都绷紧了神经。

"是罗拉和孩子们。"法琳判断道。

这两家子关系仍然友好,可又透着一种紧张,无法彻底心贴心。

罗拉和她的两个孩子在几米之外站住了,嗅着空气中的味道。基诺小步迎上去。他迫切地盼望解除两家之间的陌生感，重建快乐的友谊。

"问候您，罗拉姨妈！"基诺说，"博索和拉娜，你们好。"

新到的这一家回应了他的问候。基诺急切地说："妈妈觉得冬天快到了。我们今晚开开心心地大玩一场，好不好？再往后可能就没机会了。"

格丽走过来，说："是呀，让我们好好跑一跑吧。肯定特别有意思！"

"等冬天来了，你就非跑不可啦。"罗拉对孩子们说，"不跑，身子就会冷得不行。我觉得我们今晚还是舒舒服服地好好聊聊天吧。"

"让孩子们玩去吧，"法琳说，"这对他们更好。"

"我真搞不懂，"罗拉疏远地回答，"为什么现在我们都没法聊天了。"

"好奇杀死猫。"长耳枭说。

"猫？"基诺重复道，"猫是什么？"

"猫和狗正相反。"长耳枭解释道，"猫坐在垫子上，好一只肥猫。"

"老天爷呀，别听那只蠢鸟说话了！"罗拉大声说，"格丽，我觉得你对我们太不礼貌了。我们一直都是你的朋友，对你的事一直很挂心……"

"噢！"格丽突然有些不耐烦，"非得盘问我吗？我

101

就不能有点隐私吗！"

"格丽！"法琳责备道。

"可是妈妈……"

"再深的感情，也经不起老吵架啊。"长耳枭嘟囔着。

"你要是这么想，我们不问就是了。"罗拉高傲地说。

基诺羞怯地提议："我们别吵了，一起去玩好吗？"

他的好心没有得到回应。两家之间的隔阂已经大得令人生畏了。只有一场悲剧，才能重新联结他们。

第十三章

几天后的清早，晨光刚刚穿透东方的天空，法琳、格丽和基诺已经回到了平日休息的空地上。他们还没来得及躺下，就听到小路上传来一阵慌乱的脚步声，接着就看到罗拉朝他们飞跑过来。

"法琳、基诺、格丽，"她上气不接下气地问，"博索跟你们在一起呢吗？"

拉娜从草丛中蹿出来，也喘着粗气，比她母亲还要惊慌。

法琳大惑不解道："博索？这儿？不，当然没有。他跟你们一块儿走的呀。"

"是，一开始是跟我们一块儿。"罗拉语无伦次，"可是，可是，后来他就不见了。"

"不见了？"格丽脱口而出，"这是怎么回事啊，罗拉姨妈？"

罗拉努力理清思绪。"是这样，我们跟往常一样往家走——博索不时从小道上跑开，东看西看的，你们也知道，他好奇心有多重。一开始没听到他的脚步声，我并没在意，可是突然发现……"

她说不出话来了。基诺迟疑地问："您听到猎枪的声音了？"

"不！不！不是那样的！"罗拉眼中充满恐惧，"我什么也没听见，什么也没有，连叶子的沙沙响也没有！"

"要是斑比在这儿就好了！"法琳说。

格丽反应迅速："可爸爸不在。我们必须自己找到他。"

基诺站在妹妹身边。"格丽说得对。"他严肃地说，"我们必须去找博索。应该不会有事的，他大概也正在找我们呢。让我们散开来，分头去找他吧。"

"有道理。"格丽点点头，"我走这边。"

还没等其他人反应过来，格丽便悄悄离开了。

森林非常安静，许多鸣禽都已飞往冬季的栖息地。随着天气转凉，那些还留在此地的鸟也不愿过早醒来。

格丽悄无声息地走着，竖起耳朵捕捉最细小的声音，翕动着鼻子。一只锦鸡挣脱草丛的庇护，拍着翅膀飞向天空，弄出很大的响动。格丽停下脚步，她仿佛听到从更远的前方也传来了类似的声音。格丽侧耳聆听。千真万确有声响——树叶慌乱地沙沙响，树枝被啪啪踩断。她快步往前赶，看到有足迹通向一丛乱蓬蓬的灌木。博索就在那里，头被套在绳索中。

"博索！"格丽呼唤着，"博索，你怎么了？"

被困住了的博索使劲又冲又撞，他没法回答。脖子被绳子套住，他开不了口。毫无疑问，他快要窒息了。

格丽的呼喊把法琳、罗拉、基诺和拉娜从四个不同的方向引了过来。

"这是什么啊？"法琳颤抖着。

"我可怜的孩子呀！"罗拉叫道，"你怎么躺着呢？怎么不站起来？"

基诺盯着绳套看。"格丽，"他急切地问，"这是不是跟你告诉我们的那个藤蔓差不多？"

格丽细细检查着："是的。"她小声说，"是差不多，触感不一样，但看起来相同。"

兄妹俩万分恐惧，面面相觑，博索倒在地上，身体不停地抽搐。

"博索，"格丽回过神来，着急地小声安慰道，"别动，别挣扎。没有用的。我也曾撞上过差不多的东西。不要挣扎，博索，保存体力呀。"

罗拉心痛地对法琳说："这个是不是'人'弄的？"

法琳不知如何回答。她从没遭遇过这种情况。然而，风吹来了答案。他们都闻到空气中那股浓厚的刺鼻的气味。

"是'人'！"拉娜低声道，全身都在发抖。

一个"人"大步踏在草丛上，朝这个方向走来。鹿们都躲到了一边。格丽突然惊道："是那个褐色的'人'！"

鹿们惊惶逃散，但格丽跑了一小段路后，镇定了下来。她驻足回望。

格丽又一次听见那道沙哑的声音。

"嘿，发生了什么事情？"

格丽心焦万分，生怕猎枪响起，但并没有。

出乎意料的是，守林人弯下腰，在微微挣扎的博索身旁跪下。他的声音怒火万丈。

"这些偷猎的浑蛋！"他咆哮道，"小家伙，你可真惨。让我先把绳子从你的脖子上解下来。"

他的手指有力而温柔，解开了绳结。博索自由了，他大口大口地呼吸，失去神采的眼睛惊惶地四下张望。

"嘘——嘘，别紧张。"守林人安慰着博索，"慢慢来。没人会伤害你的。对，就这样。深呼吸，放轻松。"

格丽颤抖个不停。博索摇摇晃晃地站了起来。他的神志渐渐恢复，恐惧也随之浮上心头。"人"的气味逼得博索无法呼吸。博索慌忙一跳，以为自己能跑远，其实不过只踉跄了一步。守林人看着他，大笑起来，声音比乌鸦还刺耳。

"好吧，好吧，"他大声说，"你走吧。我想没什么别的问题了。你要不要留下来，看我怎么收拾那个设陷阱的浑蛋！"

博索可不愿接受这个邀请。他终于明白自己已重获自由。重获自由后，他飞逃而去。蹄子咚咚地敲着干硬的地面。格丽没有动，她的皮毛光滑得连呼吸时都仿佛毫无起伏。

她看到"人"的一举一动都并非随意而为。看来，在一些时候，"人"也深谙丛林的活动之道。像条蛇一般，那"人"忽然闪身，躲到了一棵树后面。森林重新安静下来，可也没持续多久。

格丽听到了另一阵笨拙的脚步声。另外一个"人"拐弯抹角地穿过灌木丛向这里走来，鬼鬼祟祟、贼头贼脑，背上还像佩莉一样背着个袋子。他还没走到博索刚才被困的地方，褐色的"人"便跳将出来。

"够啦！"守林人咆哮道，"你的把戏被我拆穿了！"

第二个人似乎被吓住了，呆立在原地。

守林人低吼道："现在就跟我走！我们绝不允许你们这种人渣在此偷猎。我要把你抓起来。"

"就凭你？还有什么人！"偷猎者嘶哑着声音。

"对付你，我一个人就够了。"守林人冷静地说，他双拳紧握，向偷猎者逼近，"你是乖乖地自己跟我走，还是想让我把你拖回去？"

偷猎者压低了身子，活像狐狸猛扑前的准备动作。他手上一闪，突然出现了一把手枪。

"你敢跟我动手！"偷猎者威胁道。

守林人纵身扑过去。格丽只听到狂暴的打斗声和一道雷鸣般的枪响。

她再也无法忍受了，慌乱地从树间穿过，回到了鹿群安全的家园。

守林人一记右拳，重重地击倒了偷猎者。一只蜜蜂正要落下，被倒下的偷猎者吓得死命飞逃，慌不择路，一头撞到树上。守林人一把扯开偷猎者设下的绳套，从地上捡起手枪。

"你这下知道我的厉害了吧！走！我们要把你关起来，看你还怎么干坏事！"

守林人押着偷猎者走出了森林。天下终于太平了。

林中空地一片欢腾。博索已经回来了，大家都围绕着他问东问西。只有法琳心神不定。她竖着耳朵四处张望，搜寻格丽的身影。看到格丽回来，法琳放下心来，可忍不住要责骂女儿。

"你是想把我急死啊？！"法琳大声说，"你跑哪儿去了？干吗去了？"

"褐色的'人'和另一个'人'打起来了，我看到的。"格丽不禁打了个冷战，"好可怕！"

"两个'人'也会打架？"基诺惊奇地说，"这么说来，'人'也会打'人'？"

这可真是闻所未闻，消息很快就在林间动物中四处传开，仿佛野火烧过干枯的草地。

"格丽看到两个人打架！他们是为了博索！博索安全了！这到底是怎么回事啊？"

第十四章

秋日的寒霜打蔫了小草，绿叶先变成红色，又陆续变成棕色和金色，从枝头上纷纷飘落。"骑士们"返回了这片森林。

在这个时节，公驼鹿们纷纷要求行使自己的王族权利，他们在林中到处游走，喉咙里含着挑衅的低吼，眼中闪烁着战斗的火焰，头上枝杈纵横的鹿角宛如长矛。

大地上驼鹿们的争斗吼叫得到了天空中大雁嘶鸣的呼应。大雁排成箭头般的队形，刺穿了灰蒙蒙的天空，他们似乎真的在为冬天的暴风雪打头阵。

基诺和格丽也模糊地感觉到气氛紧张到一触即发。他们听到驼鹿走动时，鹿角划过树枝发出声响；他们感到空气中的压力越来越大，不祥地预示着风暴来临；他们看到这些武士像旋风一般纷纷加入了狂热的角逐。

斑比告诫孩子们："这个季节，应该跟野兔学。要步步谨慎，绝不能莽撞。把自己藏得没影最好，别因为好奇心惹麻烦。看到国王们过来，千万别挡他们的道。"

话音未落，一头体格健壮的公驼鹿便漫步走进了这一带。斑比一声令下，家人和他一同躲了起来。

"记住我的话。"斑比严肃地告诫孩子们，"还有，法琳，在这个季节，冷静的头脑比灌木丛更能保护你和孩子们。"

法琳看着斑比走远，目光满含忧虑。她悲哀地说："要是斑比能留在我们身边就好了。"

基诺和格丽没出声，他们正望着那头公驼鹿。他的后头跟了五头母驼鹿。走到空地的正中央，驼鹿仰头向天，鹿角碰到了肩膀，发出战斗的呐喊。

格丽的脑海里跃出许多记忆片段。她想起了角枭的长啸，也想起了褐衣守林人向偷猎者猛扑过去时的咆哮。可眼前的公驼鹿不一样。他之所以宣战，并非出于愤怒，而是出于自豪。他似乎是在宣布："我配得上拥有五个妻子，有谁敢反对？"

这样的景象让她回忆起丛林中一直被铭记的英雄们，他们的伟绩广为流传。格丽不由得战栗起来，但她不害怕，反而激动得连脊背上的毛也竖了起来。

法琳的声音直打战："咱们赶紧走吧。"

基诺望了一圈空地周围："不，"他回答，"我们待在原地更好。妈妈你看——"

显然，基诺说对了。只见空地另一头，又出现了一头公驼鹿。他头上的角足有十六个分叉，一身皮毛油光水滑，泛着青春的光彩。

五头母驼鹿不自在地晃动着身体，先看了看右边，又望了望左边。她们聚拢到一起，深色的眼睛闪闪发光。

基诺问："她们害怕了吗？"

现在甚至连法琳都是期待多于恐惧了。她回答："不，她们很骄傲。"

第二头公驼鹿并未回应第一头的宣战呐喊，他沉默地观察着对手，眼中似乎燃烧着火焰。

突然间，好似被一只巨手提拉而起，一轮满月跃上树梢。夜色无声无息地包围上来，倾斜的大地上星星点点地闪着微光。围立在空地旁的树木黑黢黢、静悄悄。

仿佛有人一声令下似的，两头公驼鹿都低下头，伸长角，朝着对方冲了过去。这下撞击的力量十分惊人，他们却奇迹般地都未受伤。他们随即分开，各自往后退了几步，但拉开的距离没有先头那么远。

两头公驼鹿不停地佯攻对方，怒火熊熊的眼珠直打转，呼吸急促，粗声大气。他们前进几步，又后退几步，打着圈子，四腿如同强壮的柱子，牢牢抓住大地，双方都在寻找机会，想趁对方不备，从侧翼发起进攻。他们再次头对头，猛烈撞到一起。

法琳上气不接下气地说："咱们快走！现在正是时候。"

她悄无声息地溜走了，基诺跟在后头，可格丽动弹不得。这场威力震天的战斗吸引了她全部的注意力，除此之外，她什么也听不见，什么也看不见。

此刻，这两头公驼鹿就像两名摔跤手，头顶头，角与角交叉在一起，脖子上的肌肉在月光中耸动。

他们的胸膛快速起伏，呼吸凌乱。从鼓胀的鼻孔里，白汽如同晨雾一般喷了出来。

后到的那头驼鹿突然后退几步——并非示弱，而是想引对方摔倒。可他的算盘落空了，因为一开始就宣战的那头公驼鹿是位久经沙场的老战士。虽然他脚下失稳，却借着向前倾倒的力量，反而更凶猛地冲将过去。他巨大头颅上闪闪发亮的大角猛地向上一扬，架住了对方的角，这一撞的力气奇大，对方完全不知所措。

宣战的
公驼鹿又是
狠狠一击。
后来者的意志崩溃，如同一只受惊的野兔，
转身落荒而逃。

得胜的战士在月光下高高扬起头，发出一声胜利的长啸，仿佛一道雷鸣。

格丽着了魔一般，沿着妈妈的足迹没命奔跑。落了叶的树与没落叶的树，统统向她压了过来，仿佛整座森林都变成了交错密集的鹿角，拥挤不堪。

格丽还没看到失败公驼鹿的身影，就听到了他的咆哮。被打败的愤恨刺激着他，他只想着进攻，根本不顾对象。看到跑动着的格丽，便一头冲了过去。

格丽撒腿狂奔，跑得比兔子还快。她在树丛里飞速迂回，因为个子小，所以在密集的树木之间也能穿梭自如。而那头还在发蒙的驼鹿远不如她灵活，丧气地吼叫一声后，便放弃了追击。

斑比从林间飞奔而来。看到驼鹿退走，他也停下脚步，盯着女儿。格丽能感到，父亲有多么严厉。

"你差点儿为你的愚蠢付出生命的代价。"斑比开口道，但一声枪响打断了他的话音。

头顶的枝头上，一只松鸦尖声叫道："国王被击中了！猎枪打死了国王。"

斑比小心翼翼地捕捉着空气中的气息。

"松鸦说对了。"斑比说，"被打死的险些就是你了。立刻去找你妈妈吧，求她原谅你的鲁莽。"

格丽羞愧难当，朝父亲指点的方向走去。她受够了那些鹿王，不过，她想，也许对这头驼鹿来说，活在羞耻与失败的阴影之中也许更加痛苦。

第十五章

森林之上，仿佛压着一摊冰冷死寂的水。树叶急急落下，在树干旁渐渐堆积起来。落叶干燥易碎，脚步再轻的动物踏上去也沙沙作响。连野兔和松鼠走过，都会闹出动静。

"这对我们是很好的保护，"法琳说，"要是这样的树叶一直有，哪怕灌木丛全都光秃秃了也不要紧。"

"树叶难道会消失不见吗？"基诺问道。

"一下雨，叶子就会发软。"法琳回答，"脚踩上去什么声音都不会有。"

这份死寂预示着雨水的来临。不久，雨来了——开始是毛毛雨，仿佛泪水落入大地。接着，雨唰唰地打下来，昼夜不停，丝毫没有减弱的迹象。地上的落叶浸透了水，成了一片糨糊，紧紧贴着地面，给弱小的植物盖上了一层毯子，帮它们抵御冬天的冰霜。

对于鹿们来说，成日的湿漉漉、冷冰冰真是难过。

冷风吹起，鹿们迫切地想找个藏身之地。大自然不但给大地铺上保暖的叶子毯，也没忘了挨冻的他们。鹿们都换上了冬天的厚皮毛，身体不再是夏天明亮的红色，而是和大地一样的暗褐色。

"老天爷，"基诺大声说，"换了这身毛可真好。不然，我可要冻死了。"

格丽努力扭头，想看看自己的样子。

"我的毛色是不是跟你的差不多？"她急切地追问。

基诺回答："好像比我的浅一点。颜色很好看，很衬你。"

格丽笑了，把背上的雨点抖掉："你还真是长大了，都开始说奉承话了。"

基诺害羞了："我是真心的……"

"你等着看拉娜吧，你肯定会觉得她更漂亮！"

法琳朝他俩走过来。

"你们在争论什么呢？"

格丽调皮地瞥了基诺一眼，基诺装作没看见。

"这草，"他抱怨道，"吃起来是酸的。"

"没有草吃的时候，你才知道什么是酸的呢！"法琳对他说，"山梁那边的草有时会好一些，风吹不到。"

"我现在不想吃了。"基诺生着闷气，耳朵向后倾，"我要回家，反正也快到时间了。"

可他回到空地后却睡不着了。空地两旁的树，叶子都已落光，只剩下漆黑僵硬的树枝。这一切，还有自己满脑子的纷繁思绪，都让他心情低落。

基诺对树说："天这么冷，你们应该需要叶子吧？好可惜，现在都掉光了。"

想着树的事，基诺便忘了自己的烦恼。一丝惨淡的阳光从树枝间穿过，基诺仿佛又听到树们在说话。

橡树长长地舒展身体，枝杈咔啦作响。它说："又一个夏天过完了，现在我要好好睡一觉！"

"等身上最后一点叶子掉完，"山毛榉打了个呵欠，"我也得睡了。"

受到橡树的庇护，冷风冷雨并没怎么伤到毒藤。它身上还挂着一两片病恹恹的叶子。

"你们倒好，"毒藤满含怨恨地说，"到了冬天我就会死翘翘，得缩到地底下去了。"

树苗哆哆嗦嗦地说："我希望来年春天能再看到你。"

"你？"毒藤讥笑道，"来一阵寒风你就会被连根拔起——要么就会被冰雪杀死。"

橡树语气平静地警告道："你小心点，我有一条根离你很近。有时候我觉得，把你掐死倒对森林有好处。"

"哈，怎么，想掐死我？那你就得先掐死这棵树苗不可。我们紧紧地缠在一起呢。"

119

"我让你苟活下来，无非是这个原因。"橡树说，"这棵树苗在我们的宏伟计划里，也许有一席之地。"

"您太好心了。"树苗对橡树说，"我以前一直以为自己是个没用的小讨厌呢。"

毒藤恼火地收紧了蔓条道："你这傻瓜，看不出来它们只是在开你的玩笑吗？这些又大又壮的橡树啊，枫树啊，偶尔对你发发善心，它们毫发无损。整个森林里到处都是像你这样营养不良的小东西！知道你们为什么营养不

良吗？因为这些树中贵族伸着贪婪的根须，把养分都抢光了。你能感觉到现在头顶上的阳光吗？当然不能！光都被橡树遮挡住了！你该祈祷来条毒藤去掐死那棵橡树才对。"

树苗不自在地抖了抖枝丫，嘟嘟囔囔："我承认有时真这么想过。"

一棵往常从不开口的英俊松树昂然道："我的年纪没有橡树老，但我得说一句，小树苗，听不听由你。在我刚发芽的时候，我的祖父告诉我，他还记得橡树幼年时，孤孤单单，长在这座森林有史以来最大的一棵榆树身边，死命想从榆树那里争取到一点活命的条件。"

"是啊，"橡树睡眼蒙眬地说，"一天，榆树病死了，我就一直长，长成了今天的模样。"

橡树树干上密密厚厚的苔藓轻声说："这是真的，我们都记着呢。"

"当然是真的。"橡树说，"树苗啊，让我告诉你，闪电随时可能把我击倒，就像上次打中杨树一样。那时候，你就得全心全意、努力往上长了。所以，你应该断掉一两条根，自己想办法摆脱那条毒藤，静静等待属于你的时机到来。"

基诺迷迷糊糊地问："橡树啊，你不害怕死亡吗？谈到死，怎么能如此轻松呢？"

一众林木的枝丫齐齐发出咯吱咯吱的声响，基诺觉得它们大概都在笑呢。

"死亡？"它们反问道，"回归大地怎么是死亡呢？种子会从我们的躯体上生长起来，我们还会回来的。"

"这样似乎是好的，"基诺嘟囔着，"可是……"

仿佛打呼噜似的，一阵飒飒声响传遍了整座森林。这呼噜不是基诺打的，一定是老橡树睡着了。

第十六章

　　冬日的太阳坚持露了几天脸，然而东方的高山上乌云累积，像一块不断扩大的污渍，渐渐覆盖了天空。寒风阵阵袭来，阴沉可怖。

　　池塘旁的草地上，格丽、基诺、拉娜和博索冻得瑟瑟发抖。水面灰暗，泛起阴郁的涟漪。近岸的地方已经结起一片片冰凌。

　　一只羽毛凌乱的知更鸟站在苹果树的树枝上，胸口羽毛犹如红色火焰。

　　"不用垂头丧气，"他叽叽叫道，"先苦后甜嘛。"

　　"那棵苹果树到底是怎么回事？"基诺没好气地说，"不管是谁，只要往上头一站，说话都成语连篇的。"

　　"用成语比自己动脑筋容易呀。"知更鸟郑重地说。

　　"自己动动脑筋，就能暖和起来。"格丽说。

　　"也许吧。不过你们学学我，隔一阵子就鼓起羽毛，吹吹口哨，就不用动那么多脑筋了。"

"我们不会吹口哨，也没有羽毛。"博索插了一句。

"要是我跟你一样穿红衣——"拉娜打着哆嗦，"我也会觉得暖和些，都不用吹口哨。"

"谁也不可能样样占全。"格丽说，"拉娜这一身褐色很美，不是吗，基诺？"

基诺没出声，他用力呼着气，融化了靠近岸边的一片薄冰，畅快地喝了几口水。一阵风吹来，一些晚落的叶子扬起又坠下，在苹果树的树根旁堆积起来。

"这是邪风，树们可都要遭殃了。"知更鸟哧哧地笑着，展翅飞走了。

"那只知更鸟说得对。"罗拉走到孩子们身边，慈爱地用鼻子拱了拱格丽。博索遇险又逃生后，两家之间的感情更加深厚。"只要耐心谨慎，咱们就能平安度过这个冬天。我和法琳到底挺过了几个冬天，我们都不乐意回想呢。"

法琳心中窝火，道："不管过了几个，我对冬天没有一点好感。现在风小了，你知道这意味着什么？"

罗拉抬头望天。"是啊，"她神色凝重地回答，"我知道。"

"意味着什么？"博索问。

"要下雪了。"法琳抽动着鼻子，呼吸着静止的空气，"是的，就要下雪了。"

"雪！我们真的要看见雪了呀？"终于要见到自己好

奇已久的雪了，基诺很是兴奋。

第一片苍白的雪花飘落在法琳的鼻尖上。"是的，"她伸出舌头舔了舔，"下雪了。"

就像黑鹂初试啼声，雪花羞答答地在夜色中一点点落下。

"雪把你衬得真好看。"基诺对拉娜说。

格丽喊道："你们尝过了没有？雪的味道超乎想象！"

长耳枭从他们头顶上飞过，奋力寻找温暖、安全的地方过冬。

"一个新的味道！"他叫道，"有点扎舌头，万般滋味呀……"

大雪接连下了好几天，日夜不停。这对鹿群来说可真不好玩。雪一直下到他们的肚皮那么高，把地面上一切可吃的东西都盖住了。

法琳艰难地在雪地里蹦跳着，带领大家到雪积得不那么深的地方。虽然鹿的蹄子并不适合刨雪，他们还是努力地刨呀，刨呀，终于找到了一点还没冻硬的酸涩苔藓。他们一天天消瘦下去。彼此都不大说话，尽量节省体力，好活下去。

甚至鸟儿们都不安地沉默了。平时一刻也静不下来的麻雀们，无精打采地站在光秃的树上，冷得直打瞌睡。

终于，褐衣守林人来了。他搭起长长的避风所，还

搭了架子。森林里总有他的气味和弄出的声响。搭建工作结束后，他给锦鸡们带来了小米，给鹿群抱来了三叶草和熟透的板栗。

法琳、格丽和基诺不得不等国王们先吃饱才敢上前，麻雀和知更鸟才不管三七二十一，欢快地啄食着谷物，对谁都毫无敬畏之心。

一天，格丽说："我真是搞不懂'人'。我们不好过的时候，'人'一心想帮我们活下去；可等到我们日子好过的时候，'人'又抄起猎枪，追杀我们！"

基诺正在思考这句话的意思，一只松鼠从橡树上的窝里飞速地冲了下来："快躲起来！"松鼠尖叫道，"我以尾巴和爪子发誓，你们得赶快躲起来！"

他自己逃到一棵大松树的树顶，晃悠了一会儿，又飞快地钻进旁边一棵桦树茂密的枝丫之间。

基诺和格丽还没来得及藏好，一只他们前所未见的动物飞奔过来，直冲着松鼠追去。那只陌生的小兽个头儿比狐狸小，跟野兔差不多，但圆乎乎的。他的皮毛黑得就像夜空，黄褐色的眼睛通明透亮。他用爪子钩住树皮，飞快地爬上了松树。松鼠显露出绝顶的机智——抓着纤细的树枝，灵巧地从一棵树跳到另一棵树上，终于回到了橡树上自己安全的家里。

黑色的入侵者在松树枝头静静地等了一会儿，仿佛在谋划下一步策略。忽然，他纵身一跃，跳到地面上，一眨眼就踪影全无。

"那是什么鬼东西？"基诺急切地问，吓得发抖。

松鼠从橡树上的洞口探出头来。基诺和格丽还从没见过哪只松鼠如此惊慌焦躁。

"我来告诉你们他是个什么鬼东西！"松鼠躁动不安地念叨着，"那是一只猫。我以前在这附近看到过他，可老天呀，从没离得这么近！"

"猫和狗正相反！"基诺想起长耳枭说过的话，喃喃道。

"好奇杀死猫！"格丽也想起来了。

"我的老天爷！"松鼠听了这话，一下子又充满了希望，低声问，"我们这附近有没有一个'好奇'呢？"

"我想，'好奇'应该不是一种动物。"基诺壮着胆子说。

"当然不是。"格丽讥讽道，"我们都有好奇心，就像我们都有气味，都怀着希望一样。爸爸说我的好奇心太多了点。"

"谁跟你们讲'好奇'能对付猫的？"

"大概是长耳枭吧。"

"哦！"松鼠紧张地拍了拍肚皮，"既然斑比说你的'好奇心'太多了，那你能不能分我一点？我再去问问长耳枭该怎么用它杀死猫。"松鼠蹦回了洞里，"我会万分感谢你！"他向格丽和基诺喊道。

"也许那只猫不会再回来了。"基诺乐观地说，"松鼠现在没事了，他都只看见过猫一次……你觉得猫会攻击我们吗？"

格丽叹口气道："猫的个头不大，但谁知道呢？我觉得我们还是小心为妙。"

格丽都说要小心，这可真少见。想必那只猫黑得像魔鬼，眼睛亮得吓人，把她吓坏了。法琳对这一点甚感庆幸。那只猫在附近频繁出现，让动物们心惊胆战。法琳一家先是听到一只鸟的垂死呼喊，又听到一只野兔深受折磨时的尖叫。

听到那声令人顿生怜悯的尖叫，格丽和基诺都心中惴惴，坐立难安。

"你觉得会不会是住在小路上的那只野兔啊？"基诺犹犹豫豫地开口了。

"噢！"格丽喊道，"那太可怕了，咱们得去看看。"

他们走到野兔平时住的地方，只看到雪地里一串凌乱的足迹。

"你没事吧，野兔先生？"格丽轻声呼喊着。

"嗯？这是怎么回事？"一个熟悉的声音响起，"哦，是你们呀！我发誓，这些日子我真是连朋友都认不出来了，真认不出来了。"

"我们害怕……"基诺开口道。

"害怕就好！"野兔说，"害怕就好！要保持长期紧张焦虑的习惯。只有这样才能保证安全！"

"我们，我们听到了些声响……以为那只猫……"

野兔快速地眨眨眼睛："噢，是啊。"他难过地说，"那是我的一个表亲。我们的家族很大，他跟我很亲近。"

"你肯定很恨那只猫吧？"格丽说。

"恨那只猫！"野兔愤怒得发抖，"有那么一瞬间，我真希望自己能变成一只狗。啊！我多希望自己可以变成狗啊！那只猫谋杀了我的表亲，只为了好玩，他根本不饿！"

格丽打了个寒战。

野兔狂怒着："孩子们，也许这种念头让你们不舒服。但我们身为被追猎的动物，只能面对现实。狐狸都比猫好——狐狸生在野外，追杀我们只是为了捕食。可猫呢，猫追杀我们只因为喜欢杀戮。"

"狗和猫正相反！"

"狗和猫天生是死敌。"

格丽心想："我真希望褐衣人能把海克托领来。"可一想到那只庞然大物在林中漫游，她又害怕了。

没过多久，格丽就发现，猫真是再可怕不过了。森林里四处可见冻得梆硬、支离破碎的小动物尸体。鸟儿和走兽害怕那道迅捷的阴影和那利爪的袭击，都不敢来吃谷子和三叶草了。

守林人终于感到不对劲，他在雪地里发现了猫的足印。

"唔，"他自言自语，"原来麻烦出在这儿！我们来收拾它。"

放下一捆甘美的三叶草，守林人转身往回走。基诺、格丽、野兔和松鼠听着他远去的脚步声。

"这个'人'会想办法吗？"松鼠问道。

"不知道。我想'人'看到猫的脚印了。"基诺转过身，正好看到法琳穿过灌木丛匆匆忙忙地赶来。

"你们这两个孩子越来越粗心了。"她责备道，"'人'

来了的时候要躲起来呀！"

"要是人没转身走掉的话，我们肯定躲起来了。"基诺向妈妈保证。

野兔打断了母子俩的对话。"别出声，"他低声说，"我闻到什么味道了……是狗！哎哟，以我的耳朵和胡子起誓，我们得赶紧躲起来。狗太可怕了！"

动物们四散躲开，都忘了不久前才盼望过狗能出现。没过多久，守林人便牵着海克托来了。

法琳颤抖着问格丽："我可怜的孩子，那些日子你就是和那只可怕的狗在一起生活吗？"

格丽点点头："狗听'人'的话。'人'要狗干什么，狗就干什么。"

守林人给海克托看了猫的足迹。然而，雪地之中，猫只留下了很淡的气味。海克托张着大鼻孔，努力地嗅着，积极地四下张望。

守林人想尽办法鼓励海克托。

"好伙计，去找猫！"守林人催促着，"找到它！"

海克托顺从地四处跑来跑去，又嗅又闻。要不是猫自己心虚，本可以躲过一劫。可猫也很紧张，大狗好几次逼近了猫的藏身之地，猫提心吊胆，终于决定逃跑。从树枝下一跃而起，撒腿冲了出去。海克托立刻全速追击。猫爬上了树，在树枝间逃窜，但海克托现在看得到猫了。追呀，赶呀，他们来到了一片空地上。现在猫没树可爬了，守林人在后头守着，猫没办法往回跑。无路可走的猫背靠树干，对着海克托张牙舞爪。

海克托喘着粗气，冲着猫又是蹦跳，又是攻击。其实，猫仍有逃生的机会。海克托蹦跳起来，眼睛离猫很近。只要猫飞快地抓两下，就能结束战斗。猫集中精神，准备跃起袭击。这时守林人赶了过来。猎枪发出一声巨响。

猫黑色的身躯倒在地上，海克托兴味阑珊，上前闻了两下。战斗的狂热已然褪去，狗做完了该做的事。

第十七章

几周之后，天没那么冷了。阳光给树枝镀上了一层金色，平滑的雪层像珠宝一般闪闪发亮。

很快，冰雪消融，池塘水面上升。融化的雪水在林中汇成涓涓细流。清晨的寒气阻挡了水的流淌，把它们冻硬。

这样的早晨，斑比来到家人栖息的地方。他悄无声息地走来，目的明确，并不慌张，但浑身散发着紧迫感。

"猎人们进了森林。"他平静地说，"今天我们不能睡了。"

"猎人！"法琳吓得颤抖，"狩猎季已经到了吗？"

"我想是的。"体格雄健的斑比细细查看格丽的肩膀道，"你的伤口似乎已经痊愈。"

"是的，爸爸。"

斑比什么也没说。他想起了照顾格丽的守林人，还想起自己看到的另一个"人"，有规律地每隔一段距离就在地上打下新劈的桩子。斑比知道，这样预示着大屠杀即将来临。他在脑中回顾了一遍自己的计划，思考着每个环节。他想了又想，觉得应该是安全的。

"跟我来。"他对家人柔声说。

大家跟在斑比后头。法琳在发抖，基诺咬着牙，不愿露出紧张不安，而格丽却兴高采烈。这个季节，大部分雄鹿的鹿角都掉了，但斑比的犄角还在，跟在这样一丛大角后面很是容易。

他们前进的目的地正是当时格丽被带走、斑比等待营救时机的那片寂静的林地。斑比发现那里几乎没有猎人的足迹。因为太靠近守林人了，大家都不敢去。就连偷吃燕麦的鹿群，饱腹之后都会立即逃入森林深处，不敢在丛林边缘逗留。

斑比把家人带到了自己一度藏身的地方，这里虽早已不复夏日的枝繁叶茂，但斑比并未犹豫。尽管法琳吓得要命，一路抗议，斑比还是带着大家穿过那条通往守林人的房子和被踩踏多次的小路，然后停了下来。

"现在我们必须分头走了。"斑比说，"各自找地方躲起来。"

"要是被抓住了怎么办？"基诺尽管信赖父亲的判断，但'人'的气息近在咫尺，他不得不担心。

"如果我们中间的一个被抓了，就只能牺牲自己了。"

斑比说,"不过,我相信在这里大家都会很安全。'人'打下的木桩子都在森林里头。"

"我真希望罗拉和她的孩子们也过来跟我们在一起。"法琳叹了口气。

"这里地方不够。"斑比回答,"不过我跟他们谈过了,他们应该不会有事。"

"我可以趴在地上吗?"格丽问。

"可以,这里看起来挺安全。"

"这里很宽敞。"基诺从一堆荆棘后伸出头来,"妈妈和我可以一起躲在这里。"

"我觉得这样更好,斑比。"法琳低语道,"基诺还是胆子小。"

"那好吧。"斑比同意了,"现在,只要有'人'过来,你们就要像石头一样静默,绝对不要动,最好连呼吸都尽量节省。特别是林中开始大吵大闹后,一定要镇静。"

"是,爸爸。"他们低声答应。

时间渐渐过去。沉寂之中,斑比一家人仿佛隐身不见。灌木丛根部的冰雪已经融化,褐色的枯草散乱堆积。紧紧伏在大地上的鹿们仿佛融入其中,冰冷的地面保护着他们。

太阳划过树顶,宛如黑色手指般的阴影寻寻觅觅,冲在太阳前头。终于,人类的声音响彻森林。一群小鸟中断觅食，匆匆飞起。在这充满不祥预兆的紧张气氛里，鸟拍动翅膀的声音宛如雷击般惊心。随后便是一片死寂——恐惧蔓延开来，沉闷，无声无息。

连轻风都被阵阵人类的气味污染，人类的话音随风散开。

守林人训诫道："先生们，请记住，你们用的是真枪实弹。不许打大动物。不许打枭鸟。"

背着备用弹药，猎人们四散走入丛林。凭借冻硬土地中竖起的木桩，他们确定了自己的方位。猎人的帮手们跟在猎人后头，记下他们的位置。

鹿们一动不动。

远远地，从森林腹地传出一个音符——号角吹出信号。紧接着，另一把号角发出回应。

森林中一下子炸开了锅。帮手们到处跑，用棍子大力敲击树干、打乱树枝。他们大声吼着：

"嗬！嗬！那边有动静！嗬！嗬！"

"呀！呀呀呀呀！"

沉睡中的树木没有回应。树枝发出断裂声，干枯的枝丫到处掉落。

"快过来！上面，那里！快过来！"

"嗬！嗬嗬嗬，去那边！"

鹿们听到了锦鸡没头没脑乱跑的响动。锦鸡都不肯展翅飞起，知道飞起来就会遭到杀身之祸，但它们的神经已绷到了承受的极限。一只愣头青腾空而起。十只、二十只紧随其后。天空中响起阵阵慌忙拍动翅膀的声音。

"砰！砰！砰砰！"多支猎枪打响。

"了不起！这一枪射得好！"有声音说。

鹿们听到收拾猎物的手推车发出咯吱咯吱的声音。帮手们又大张旗鼓地闹了起来。

基诺胆怯地说："他们离我们挺远。"

法琳抬起头，说："是的，我想也是，但你还是把头缩起来的好。"

他们看到斑比从藏身之处站了起来。

"爸爸，"格丽喊道，"你是怎么知道这个地方的？"

"别出声！"斑比回答，"其实这还多亏了你。你们在这儿等一会儿，我马上回来。"

树影笼罩了斑比。他不见了。

"唉！天哪！"法琳说，"他可一定要平安啊！"

"没了爸爸，我们真不知该怎么办。"格丽忧伤地说。

"肚子好凉，我都僵了！"基诺抱怨道。

"耐心点，儿子。你必须学着隐蔽自己，除了耳朵和眼睛之外，哪里都不要动。"

离他们更远的地方又是一阵枪响。斑比现身了。

"现在该起来了。"他说。

基诺努力想站起来，可腿麻了，他摇摇晃晃。

　　"我倒霉啦，"基诺声音直打战，"我的腿动弹不了。"

　　斑比的眼睛深处浮出一丝笑意："不会有事的，走走就会好。"

基诺咬牙迈了几步，四腿打结。血液重新在身体中流动，也带来了疼痛。

"嗷！"他嚷着，"嗷！"

"加油，孩子。"

森林深处传来吼声。

"狐狸！一只狐狸跑过去了！"

猎枪纷纷开火。

"嘿！你们小心点！"守林人喊道，"听着，你们都听着！小心别打中了帮手！"

一声压低的笑和颤抖的话音传来："真对不起！我只看到有东西在动。"

"你要是不小心点，他可动不了多久啦！"

"狐狸跑了！看哪，往那边跑了！"

一声枪响。

"好神的枪法！一枪致命！"

围猎的范围慢慢扩大，猎人们继续前进。白昼渐渐过去。暮色投下了最初的细网，也带来了安宁。猎人们的喊叫声、回荡着的枪声，渐渐平息下去。

斑比平静地说："现在我们可以走了，危险已经过去了。"

他的声音里饱含忧伤，那些被猎杀的动物，无法继续在森林这座堡垒里无忧地生活。他的声音里也有释然，毕竟自己和家人平安逃过了此劫。

法琳问："为什么非得发生这种事呢，斑比？为什么我们总要遭受这样的劫难？"

斑比叹了口气，他无言以对。

林中充满哀怨。有些动物死了，还有些受了伤，断了腿脚——林中的生存法则残酷无情，他们肯定也会死去。

斑比一家一个接一个慢慢往回走。斑比领头，格丽殿后，他们走过一只锦鸡身旁。锦鸡静静地躺在一堆雪里，他的羽毛依旧闪亮美丽，可眼睛已经暗淡无光。

"锦鸡，你怎么了？"格丽柔声问。

锦鸡高傲地抬起头。"没什么，"他说，"我有一个约会，就是这样。"

"一个约会！"格丽惊奇地说，"在这儿？在地上？"

"对，"锦鸡回答，"就在这儿——就在地上。"

"这太奇怪了，"格丽说，"假如我有翅膀，约会的话，肯定会约在树上。"

"是的。"锦鸡回答，"我一直也是如此。可只要时间到了，无论你身在何处，这个约会终将来到。"

恐惧伸出冰冷的爪子，攫住了格丽的心。"我、我不明白。"她颤抖着说。

锦鸡闭上眼睛，喃喃道："这，就是通往彼岸的大迁徙了。"

小路的转弯处，斑比停下脚步。

"走吧，格丽。"他说，"我们无能为力。"

格丽伤心地听从了父亲的召唤。不知哪儿传出一道虚弱的声音："法琳，哦，法琳女士，您能看见我吗？"

一家子惊愕地停下脚步。

"是野兔先生！"基诺喊道。

"是啊，"那个声音回答，"是可怜的老兔子我呀。"

"亲爱的野兔先生，"法琳抽泣着，"您是受伤了吗？"

"我也不清楚，女士，真的不清楚。我的前爪……"

他们在一片芦苇地里发现了野兔。他是一路爬过来的。

斑比问："你怎么了，我的朋友？"

"哦，斑比！"野兔幽怨地说，"我要是知道你在这儿的话，就不会打扰了……"

"野兔朋友，你别这么说。"斑比的心越发沉痛。

"朋友！"野兔低声说，声音里满是自豪，"我也是这么告诉大家的。我说呀，斑比是我的好朋友，大家也因此更尊重我些。可'人'，"他的耳朵耷拉下来，"'人'不懂。"

"您还活着！"格丽给他打气。

"有生命，就有希望。"基诺加了一句。

"你们真这么想？"野兔问道，"你们也知道，我一直没抱太多希望。比我要紧的大人物才配拥有希望。我只想要一点点安宁，再就是身旁长一些蒲公英……"

"这两样你都会有的。"法琳说。

"谢谢您，法琳女士。我是您的头号崇拜者，以我的耳朵发誓，绝对是头号……您看到了，女士，我现在走不动啦，就只能趴在这儿。"

"你绝对不能趴着不动。"斑比告诫他，"明天，'人'还会来，专找受伤的动物。找到谁，就用猎枪打死谁。你必须想法子躲起来。"斑比环顾四周，"努把力，"他鼓励着野兔，"在这里藏身就不错，你不用走多远。"

"请您一定要鼓起劲儿！"法琳迫切地恳求。

"我会的，女士，您说的，我就做。"

"您一定要藏好啊！"基诺也说。

野兔忍着痛站起来，受伤的爪子低垂，在雪地上拖动着，一瘸一拐，艰难地躲到了灌木丛里。

"这样就好。"法琳高兴地说，"这儿还有点草呢。您好好休养吧。不要动弹，我相信您很快就会好起来。"

"女士，您真好心。我听您的，就待在这儿，哪儿也不去。亲爱的朋友们啊，看到你们没事，我真高兴。女士，您一定要相信我，我真心高兴。"

"谢谢您，野兔先生。"法琳说，"我们会尽快回来探望您的。"

斑比一家走了，野兔躲在草丛里，虽然因为疼痛而轻轻喘气，可心中燃起了新的希望。

"尽管受了伤，可他们都好勇敢啊。"格丽沉吟道。

"是啊，到了生死关头，他们都很勇敢。"法琳说。

斑比走在前头，离家人有些距离。突然，他停下脚步，转过身，飞快地冲进树丛中。法琳、格丽和基诺害怕了，赶紧跟上。

"发生什么事了，斑比？"法琳喘着气问。不需要斑比的回答，她已经看到了——斑比面前，横卧着一头鹿。

"瑞博，"斑比唤道，"你伤势严重吗？"

那头鹿微微地扬起头，他是头雄鹿，因为是冬季，头上没了鹿角。

"啊！斑比，是你！"他重重地呼着气，"我伤得很重。"

"别放弃啊！"斑比恳切地鼓舞他，"别灰心！"

然而斑比说话时，看到了瑞博胸口的血洞。瑞博呼吸都很困难。

"恐怕我还是学得不够快……"

他的眼睛猛然睁大，喉咙里发出嘶吼。

他死了。

第十八章

斑比一家心情沉重，继续往回走，还没见到罗拉一家。他们走得很慢，不时停下来探望受伤的动物。受伤的锦鸡们都十分坚强，这让基诺和格丽深为折服。无论伤得多严重，他们仍保持着尊严。翅膀断了，也要努力飞起。失败一千次，也不放弃。

"他们是不是跟我们不一样，不会感到疼呀？"基诺问。

格丽皱起眉心说："他们肯定知道疼的。"她想了想，又说，"鸟们很奇怪，跟我们不一样，他们很骄傲。"

"也许是因为他们能飞吧。"基诺提出自己的看法，"有翅膀的动物，怎么会谦卑呢？"

"你觉得会不会有个地方是没有'人'的？"

"怎么可能有那样的地方呢？出了森林，大地就到头了。"

"不是这样的。别忘了，我出过森林。从褐衣人把我关起来的地方望去，我看到大地一直延伸，无边无际呢。"

"那儿肯定也有'人'的，不然鸟们肯定都飞过去了。他们能飞很远。有些鸟吹牛吹得可大，说有的池塘大得要飞上好几星期才能飞过去。"

"也许真的有呢。"

"我可说不好。一只燕子告诉过我，那池塘里虽然都是水，可没法喝。"

法琳着急地喊道："基诺！格丽！快过来。"

两个孩子急忙往前跑。

"怎么了，妈妈？"

"你们的罗拉姨妈出事了。"

"罗拉姨妈！"

他们都侧耳聆听。

"这不是罗拉姨妈的声音啊。"基诺说。

斑比一跃穿过树丛，进到了后头的小空地。发现罗拉侧卧在地上。

"罗拉，"法琳呼唤道，"你怎么了？"

罗拉的声音很是虚弱："我的后腿……"

"天哪，不会是挨了猎枪吧？"法琳惊慌失措。

"恐怕是的。"

斑比检查罗拉的伤势。

"还好，不算太严重。"他稍稍松口气，"怎么会这样？你没照我说的做吗？"

"我们听了你的话，去了森林的边缘。可有几个猎人离开了大队伍，走到我们藏身的地方了。他们的前爪抓了个东西，时不时往嘴边送。"

"'人'就是这么喝水的。"斑比说。

"他们走到了我们的附近，我们只能逃跑。我和孩子们分头跑了。猎人们当然都来追我。我原以为能逃脱……法琳，你还记得吗，我们上次还说一起熬过了好几个冬天……我以为自己这次又能走运，能甩掉他们。可刚要藏进树丛，就被猎枪击中了。我摔倒在地，好容易挣扎着站起来，一瘸一拐把自己弄到了这里。"

"那您为什么不再走走呢？"基诺问。

"我实在动不了了，腿就像棍子似的僵硬。"

"孩子们都还听话吗？"

"他们很听话，法琳。"

"你想……"法琳踌躇再三，问道，"他们应该安全？"

"我眼下就担心这个。"罗拉的眼睛透出深深的忧虑，"我必须起来去找他们。"

她奋力挣扎着，可怎么也站不起来。

"你还是先躺着。"斑比说，"这里很隐蔽。只有靠休养，你的腿才能长好。"

"可我的孩子们怎么办？"

"我们去找。"法琳向她许诺，"我们会把他们带回你身边。"

"你们真的会这么做吗？"

"当然！"格丽四下嗅着，似乎这样就能马上知道博索和拉娜的下落。

"你和他们约在哪里碰头？"斑比问。

"我跟他们说，要是我迟到了，他们应该在安全的时候，到褐衣人搭建的喂食台子那儿等我。"

"我们现在就过去看看。"法琳让罗拉宽心。

"你们快去吧，"罗拉催促道，"快去！"

斑比一家朝那里飞奔而去。

"斑比，你觉得她还会好起来吗？"法琳焦急地问。

"当然会。也许以后会有点瘸，但没什么大问题。"

"那我就放心了。"格丽叹气道。

他们飞快地穿过森林，尽量不为四周的惨状分心。可眼前的景象让他们越发害怕人类。这样的大规模猎杀简直伤天害理。

基诺想到了野兔说起猫时的一句话："猫追杀我们，只因为喜欢杀戮。"

野兔说，这一点让猫比狐狸更可怕。如果野兔言之有理，那"人"简直就是魔鬼——杀了谁，伤了谁，"人"全然不在意。

狐狸僵直地躺在小路上，他已经死了，面孔纠结扭曲，一副仇恨的恶相。他浑身是伤，死得很惨。

斑比一家不敢逗留，匆匆往前赶。

世道总是如此——大的欺负小的，强者攻击弱者。

拉娜和博索正大嚼着褐衣守林人搭在架子上的草料。

"博索！"格丽叫道。

博索嘴巴努力咀嚼，回头张望。

"怎么了？"他嘟嘟囔囔地问。

"你妈妈！"格丽大喊。

博索和拉娜看到斑比了。他们停止了进食。

"妈妈！"拉娜呼唤道。

博索跳了出来："她没出什么事吧？"

"她受伤了。"斑比面色凝重地对他们说。

拉娜颤抖着："不会……"

斑比赶忙说："不，并不太严重，你们不用太担心。不过现在她不能动，得先休养。你们得尽力帮她。"

"我们会的！肯定的！"拉娜急切地保证道。

博索全身紧绷绷，迫切地要行动。"她在哪儿？"他追问着。

格丽三言两语地告诉了他们。她话音未落，博索和拉娜便飞奔而去，蹄子踏在雪上，雪泥飞溅。

"唉！"斑比长叹一声，"现在咱们可以吃东西了。"

"可国王们要是来了怎么办？"

"法琳，你怎么还在害怕国王们呢？没什么好担心的。他们已经走远了。每次大屠杀一开始，他们就会长途迁徙，去寻找新的觅食地。离他们再回来还有好些日子。现在，森林都是咱们的。"

基诺和格丽迫不及待，已经开始吃东西了。

"味道真好，你都不能想象。"基诺含混不清地说。可格丽停了下来。

"今天发生了这么多事，我们怎么还能无忧无虑地吃草呢。"她伤心地叫道。

斑比说："活着，就要吃东西。这是森林的法则。"

不再焦心驼鹿国王们的法琳也走过来，和基诺一起咬着芬芳的三叶草。

"你爸爸说得对，格丽。"法琳说，"谁能确定，大屠杀已经结束了呢？保持体力才能活下去，这是我们必须做的。"

格丽加入了进食的行列。这一天的经历令她筋疲力尽，草特别香。他们尽情大嚼，没注意到斑比已经走远，他还有责任在身。

第十九章

"有一天，风还没起，雪已下了……"

基诺记得清楚，每次妈妈讲起她哥哥戈波的故事，总用这句话开头。

和眼下比起来，之前的雪不过是段序曲，现在才正正经经开场了。

雪连绵不断，纷纷扬扬。

基诺原以为自己已尝过冬日寒风的滋味。

他大错特错了。

劲风一阵接一阵，让他无处躲藏。

雪停了，风不止。森林里堆积起墙一般、山一般的大雪，树上挂满冰凌。

从山顶刮下来的寒风发出尖厉的啸叫，仿佛苦痛中的动物的嘶鸣。一夜之间，池塘就封冻得坚硬，冰层如同石头一般坚不可摧。

雪上结了一层耀眼的冰，光芒刺痛了基诺的眼睛。

太阳偶尔露个脸，阳光照在冰上，如同燃起火焰。天色阴郁时，冰依然闪着亮光。

只有守林人时常进入林中。他怀里总是抱着大堆食物。有时海克托也跟着，在雪堆里蹒跚前行，乱蓬蓬的皮毛上结着硬硬的冰。

这个时节，人将和平赠予猎物们——禁猎季节到了。

动物们都感到了安宁。鹿们轻松自在地在林中漫游觅食。哪怕大白天，他们也敢安静地穿过林中小道。

野兔们也离开了草丛，慌慌张张，从这里蹿到那里，寻找吃的。锦鸡自由飞翔，聚集到喂食的空地旁，叽叽喳喳地聊着、笑着。知更鸟和麻雀挤来挤去，急急忙忙往嗉囊里填满谷物。

只有驼鹿国王们还踟蹰不前。他们头上没了大角这个尊严的象征，便害臊地躲起来，不愿让其他动物看到。

夜里，他们才独自或三三两两地出没——雄鹿跟雄鹿一起，雌鹿跟雌鹿一道，敌对竞争都被忘掉。

偶尔一只松鼠从冬眠中苏醒，不确定地伸头看一眼这冰封的世界，然后又缩回洞里，接着蒙头大睡，做起秋季里肚皮填满坚果的美梦，忘了自己日渐消瘦。

这是一段和平的时光，静悄悄，波澜不惊——风、雪和冰，是动物们唯一的对手。

斑比和驼鹿国王们一样，头上也没了"王冠"。他深

151

为自豪的角，到了深冬便会自然脱落。他不再出现在法琳、基诺和格丽身边。

虽然暂时见不到丈夫和父亲，法琳、基诺和格丽的日子倒还过得去。当然，他们怀念夏日阳光里甜美的嫩草。眼下总是半饥不饱，幸亏还有守林人送来的食物。因为驼鹿深居简出，所以法琳他们不再紧张。

法琳正感庆幸，一只忧心忡忡的松鸦跟她聊了起来。

"树林里有地方不对劲。"松鸦说。

野兔正啃着架子上掉下来的零星饲料，听了这话，不由得后退了几步。他前爪的伤奇迹般地彻底痊愈，只有在湿冷天才会作痛。

"什么东西不对劲？"他赶忙问，身体绷紧，露出一贯的警惕和恐惧。

"能有什么不对劲呢？"法琳问。

松鸦哆哆嗦嗦地回答："我不知道，但我敢用明年下的蛋打赌，一定会发生些不对劲的事。"

附近的一只知更鸟嘲笑道："那只松鸦呀，总以为自己能先知先觉！"

松鸦把头深深地埋进一丛羽毛里，愤怒地反驳道："哼，别说我没警告过你们。"

天快要黑了。深紫的阴影悄悄爬过雪地，长耳枭无声无息地飞来，落到了橡树上。他全身的羽毛都鼓起来了，仿佛一只蓬松的大毛球，眼睛炯炯发光。

"哎哟！长耳枭先生，"基诺说，"我们有好些日子没见到您了。"

"是啊，"长耳枭豪气万状地回答，"我到国外过冬去了。"

"国外是哪里呀？"格丽问。

长耳枭没有搭理她。"有什么新闻吗？"他询问着。

知更鸟充满恶意地说："你若想知道长耳枭去了哪里，离这儿不远的地方有个破谷仓……"

野兔打断了知更鸟："松鸦疑心林子里要出事。"

长耳枭思考了一会儿。"我就知道！"他说，"我就知道！"

"知道什么呀？"基诺问。

"我看到那只狗的时候，就知道要出事了。"

"该不会是'人'的狗吧？"

"喀喀，当然不是。"长耳枭说，"海克托倒是不坏，但那只狗就完全不同了。你们听说过狼没有？"

"狼！"野兔低声问，"那是什么，是一种狐狸吗？"

"在某种意义上，的确可以这么说。可实际上呢，也不对。我想，你们应该都没听过 N 次方吧？"

"从来没有。"格丽说。

"我也没有。"基诺也承认。

知更鸟窃笑一声。

"你们没学过代数，还真是可惜。"长耳枭叹道，"简单来说，狐狸的N次方就是狼。可你们又不懂N次方。"他遗憾地啧啧两声。

知更鸟讥讽道："跟我们说说这狼到底是小鸟，是走兽，还是鱼类，肯定很难；说说它是两条腿，还是四条腿，简直不可能；它是在地上跑，还是在天上飞，它是……"

"满瓶子不响，半瓶子咣当。"长耳枭打断了他。

"瓶子是什么东西？"基诺问。可长耳枭再次不屑于回答。

松鸦叽叽喳喳地嚷道："我感觉到狼要扑到我身上来了。狼很可怕。我得到消息……"她慌乱地在枝头跳来跳去。

野兔大为光火，怒道："你们几个要把我搞疯了，我这辈子还从没听过这么不明不白的话。长耳枭说什么狗——老天保佑我的爪子、胡子，保佑我不要遭到厄运——然后又说什么狼，后来又是狐狸啊，N次方什么的鬼东西，现在松鸦还得到了消息！"

接下来的几天里，森林里的确出了好些事。阴郁和恐惧又一次沉重地压到每个林中居民的心上。

他们自然都不知道，这一切的起因，是附近村庄的

154

村长生病了。村长养了一只叫作尼罗的狗。这只狗体形巨大，一身灰毛，乌黑的大嘴，脖子上的一圈毛尤其厚。虽然长耳枭并不知道这狗的血统，但说他像狼，确实猜得很有道理。尼罗的谱系图上，往上没几代的祖先就有狼。狼是鬼鬼祟祟、悄无声息的猎手。他们所到之处，其他动物无不闻风丧胆。

在主人卧病不起，不能出门遛狗之前，尼罗一直是只友善而笨拙的大狗。而现在他实在闲得无聊，便出门自己乱跑。

他在雪地里尽情撒欢，走得越来越远。而离家、离狗舍越远，他就越像一头狼。

一天，他冒险闯进森林。林中的生活散发着自由的气息。尼罗看到一具动物的尸体，这可怜的走兽被冬天打败，大概是饿死的，尸体已被乌鸦啄得七零八落。尼罗没有汪汪乱吠，而是猛地摆头，一声长嗥。

尼罗回归了祖先的怀抱

他返祖归宗，变身为狼。

155

第二十章

两天后，尼罗咬死了生平的第一头鹿。时值黄昏，被尼罗咬死的是一头母鹿。

林中已安宁了好些日子，这头母鹿胆子变大，到处寻觅，想吃些未被积雪埋掉的新鲜植物。

尼罗远远地看到了母鹿，他脖子上的毛立刻激动地根根倒竖，喉咙里的低吼立刻沉默。他悄无声息，一路尾随着她，毫无怜悯之心。

咬死母鹿之后，尼罗发出的嗥叫震动了整座森林，将森林笼罩在不祥的阴云之下。

听到这声嗥叫，林中生灵无不颤抖。

尼罗野蛮地撕咬着惨死的母鹿。吃得心满意足后，他喘着气躺在雪地里休息。

暮色越发深重。

突然，一股寒气从这只狼狗的鼻尖飞快地蹿到他尾巴上的最后一根毛。他听到了家的召唤。看着面前猎物残破的身躯，他悔恨不已，耳朵都耷拉下来，尾巴也落到两腿之间。

强烈的罪恶感让他很是难受。于是，他悄无声息、毫不惹眼地在树影的掩护下溜走了。

那天夜里，他的主人唤他到床边。尼罗匍匐过去，肚皮几乎贴着地板。他百分百确定——主人什么都知道了。

可这位病着的村长并不知道尼罗犯了错。

"老伙计，怎么啦？"主人抓挠着尼罗柔软光滑的耳后，"你怎么了？"他又开口问妻子，"尼罗是不是闯祸了？"

尼罗一哆嗦，可主人的妻子为他说好话。

"尼罗大半天都在外头，"她说，"垂头丧气地到处晃。"

主人双手捧着尼罗的嘴。

"嗨，"他笑着说，"还别说，动物们真懂事啊！老伙计，别担心，我病得没那么重，很快就能起床带你出门啦。"

狗主人并不知道自己还要病多久。他没法牵着尼罗出门。尼罗仍可以随心所欲。

又一头鹿被咬杀。

森林中再次回荡起死亡的嗥叫。

这只狼狗第三次感受到荒野的召唤时，罗拉正在一棵倾倒的榆树旁，悠闲地吃着巨大树干庇护下的一片苔藓。她的腿基本好了，只要不劳累过度，伤痛就不会复发。她轻松漫步，不时用一只前蹄刨去苔藓上的薄冰。尼罗无声无息地潜伏到她背后。

拉娜和博索在离罗拉不远的地方，走来走去找吃的。博索一抬头，看到那巨大的灰色阴影匍匐穿过低矮的灌木丛。

"妈妈！"博索惊慌失措地狂喊，"快跑，妈妈！"

罗拉仰头，尼罗正一跃而起。她撒开腿就跑。

罗拉惊恐地睁大眼睛，以惊人的速度往前冲，尼罗紧追不舍。

这场曲折的追逐，罗拉一开始就不占上风。尽管她凭着鹿的本能一路狂奔，可腿上的旧伤让她无法持续跑快。

博索和拉娜分头跑开。拉娜只看到妈妈朝着树木密集的地方跑去，竭力想甩掉尼罗。

罗拉这一招并不明智。雪厚厚地积在地上，无法急速转弯。在这样的追逐闪躲中，罗拉的伤腿十分碍事。

还好，罗拉闯过了这一片树丛。她跃入一片空地。尽管慌了神，这里还是让她模糊地感到有些眼熟。身后，尼罗已经追了上来。

罗拉意识到，自己将面临灭顶之灾。她决定拼死一搏。像旋转下落的叶子一样，她突然转了个圈。尼罗没能刹住身体，向前扑去。罗拉一低头，死命地猛撞向尼罗，正好撞到他的肩膀。这一撞，加上尼罗自己向前扑的速度，力道很大——尼罗脚下不稳，腿一软，摔倒了。

罗拉迅捷如闪电般蹿进灌木丛里躲了起来。她栽到了一丛女贞树里，忽然认出了这片空地——法琳、基诺和格丽正趴在她的前方。

尼罗很快站了起来，怒不可遏。罗拉藏身的女贞树丛，叶子还在抖动。尼罗用力一跳，跨过了枝叶的阻碍——他充血的眼睛里，出现了不止一个浑身发抖的牺牲品，而是四个。

这个节骨眼上，基诺救了罗拉。

恐惧让他一跃而起，像闪电一样飞奔出去。

不知是因为反应不够快，还是因为惊惶得不知所措，其他三头鹿都趴在原地没动弹。尼罗没把她们放在眼里，他的第一反应是追基诺。就这样，褐色的闪电如同磁铁一般，把灰色的阴影吸引走了。

基诺没头没脑地往树丛里跑。他又跑又跳，不时转换方向，左闪右躲。瞅到空子就箭一般笔直向前，试图把尼罗搅糊涂。曾和飞鸟比速度的基诺，身体拉成一条低低的直线，肚皮擦过雪地，都变成了白色。呼出的气向后散去，犹如瀑布四周的水汽，在冰冷的空气里形成白雾。然而，这样的追逐，基诺坚持不了太久。

基诺还不成熟。虽是斑比的血脉，可他的肌肉尚未发育完全，无法承受如此紧张的运动。更糟糕的是，基诺和林中一众生灵一样，因为冬天食物匮乏，都虚弱了许多，而尼罗从来不用忍饥挨饿。

基诺的腿沉重起来。他感到自己的心脏似乎胀大了，怦怦直跳，肺也快要接近负荷极限。

尼罗的四条腿强韧有力，如同紫杉；他的心脏跟石头似的，跳得坚定有力；呼吸则像橡树般稳重。基诺越跑越没力气，尼罗却后劲越来越足。鼻孔中气息流转，仿佛夏日风暴来临；嘴边泛起白沫，就像静止水面上浮起的水泡。

"救命呀!"基诺喊着,"救命!"

与此同时,空地上的女贞树丛里悲声一片。罗拉垂头丧气地倒在地上,低着头。法琳俯视着她,恐惧而悲哀。

"你害了我的儿子!"她怨恨地叫道。

"我不知道会这样……"罗拉悲泣道。

"不知道!"法琳的眼中怒火一闪,"做妈妈的,保护小辈是第一要紧的事。你是个杀手!和你亲手杀了他有什么两样!"

"妈妈!"格丽出声抗议。

"孩子,闭嘴!"法琳厉声呵斥,"让她好好想想自己犯下了什么罪过!每次她看到博索,都要记得,我们家做出了多大的牺牲。"

罗拉疲惫不堪,摇摇晃晃地站起来,并未丢了尊严。

"我走好了。"她说,"如果你心里能好受一点,就恨我吧,都是我的错。"

法琳什么也没说。她眺望着基诺逃走的方向。丧子的哀痛让她的心变得坚硬。

第二十一章

斑比从自己居住的山洞里走出来，他之前一直在休息。养精蓄锐之后，他的眼睛里充满活力，脚步轻盈。

他朝上风处走去，行动一贯悄无声息。冬季的和平并未让他变得鲁莽。按照习惯，他仔细嗅着空气中的味道，在头脑中一一归类。

那里刚走过一只野兔，这里有一头鹿休息了一阵，松鼠把过冬的给养藏在了什么地方——风很轻，寒冷阻断了生命的气息，然而空气中仍有许多信息，有待斑比的鼻子一一分辨。

斑比突然驻足。轻风中有一股他没闻过的臭味扑鼻而来——是杀手的气息。

闻着这股味道，斑比意识到林中正有一场追猎上演，可猎物是什么呢？

他竖起耳朵，凝住心神，捕捉风中的声响，几乎屏住了呼吸。

他隐约听到了基诺绝望的呼喊！由于恐惧和呼吸困难，基诺的叫喊声断断续续。

"救命！救命！"

全身的肌肉一紧，斑比冲了出去。风从他压平了的耳朵上流过。光秃秃的大树和灌木飞速后退。

尼罗和逃命的基诺之间差了不到一米的距离。斑比犹如利刃，划破了他俩之间的空气。尼罗的鼻子擦过斑比的屁股。吃了一惊的尼罗停下脚步，弓着前腿，僵住了。

斑比踉跄一下，摔倒了，又一瘸一拐地站起来往前走。

面对狐狸的进攻，雌锦鸡也会这样保护幼鸟——蹦跳着、蹒跚着，拍打着一只仿佛断了的翅膀，假扮成一顿大餐，把狐狸从自己的幼鸟身边引开。等幼鸟安全地藏好了，她就突然振翅高飞，向火箭一般直冲天空。本以为可以大嚼一顿的狐狸则失落地站在她投下的影子里。

斑比又是一个踉跄，尼罗往前一扑。基诺抓住这个空子，跑掉了。

尼罗再往前扑。离他的爪子似乎只有一线远，斑比勾着他，脚下加快了一点。再快一点，再快一点，你追我赶又开始了。但这一次，完全不一样了。

这是一场势均力敌的比赛——鹿王的雄伟气概对抗发狂狼狗的残暴。斑比深谙丛林之道，他的策略与运筹强

过半生都在壁炉前度过的狼狗。穿过树林，迈上山冈，在月桂树前急转弯，一跃而起，斑比就在秘密山洞里隐身不见了。

尼罗刚转过那个急弯，发现自己已经跟丢了斑比。这头鹿似乎消散在了空气之中。尼罗停顿一下，深感疑惑。随后就捕捉到了斑比的一丝气息。他朝着洞口，用力往上跳。

洞口太高了。尼罗的爪子只能够到离洞口还差半米的地方。他一次又一次地跳着，嘴里唾沫飞溅。

荒野里的祖先留下的本能告诉尼罗——狼不会白白浪费精力。狼是有耐心的，他们可以等。

于是尼罗在山脚躺下，安静地等待。

斑比安心了。他同样坚韧，同样有耐心。而且只要狼狗守在原地，森林中的动物们便可享受和平。

几个小时过去了。守望者和被守望者都一声不出。一弯新月高高挂在树顶。驼鹿国王们没了角的头颅笼罩在月光下，他们踱着步，寻觅小树上新长出来的树皮。

沿着通往斑比栖身山洞的小路，树林毫无间隙地蔓延。许多树苗都朝着小路上透过来的光生长。一头年轻的雄驼鹿发现了这些鲜嫩的美食。他每晚都来，自信地一路往上攀，以为这个季节里可以在荒野中享受和平。

风完全住了。月亮的微光轻轻地照在阴影斑驳的雪地上。尼罗扭头回望，清楚地看到了那头驼鹿的身影。他长得和斑比很像。

尼罗静悄悄地从侧面包抄过去。雄驼鹿的脑中闪现出某种不祥的预感。他蹦跳着四处张望，在尼罗扑出来的一刻，恰好避开，赶忙撒开步子，想逃到安全的地方去。

驼鹿左右闪避，绕着斑比藏身的山丘跑，这正中尼罗的下怀。尼罗绕着驼鹿的外围跑，把他逼上了山，直到这头惊惶的猎物再也无路可逃。

驼鹿背抵着冻硬了的土堆，只能拼死一战。没有大角，他唯一的武器就是腾空而起挥舞的前蹄。

尼罗两次跳起来发动进攻，又两次退缩了。驼鹿两条后腿着地，前腿以闪电般迅捷的速度击打着，抵御了尼罗的进攻。然而，他第三次站立起来时，后腿在一片冰上打滑了。尼罗唰地咬了上去，牙齿嵌进了驼鹿的肉里。受伤的驼鹿无望地抵死反抗，但尼罗死咬不放。

战斗很快结束了。之前，斑比没闻到气味，知道自己安全，打了个小盹儿。这时传来的狼嗥惊得他一跃而起。

那天夜里，尼罗很晚才溜回家。

第二十二章

基诺根本不知道，是父亲的出现救了自己的命。他不停地跑啊，跑啊，奔跑的本能似乎变成四条腿不可控制的抽动，不让他停下来。尽管肌肉已疲惫不堪，但仍痉挛一般绷得死紧，逼着他往前跑。他的嘴像离了水的鱼一般快速开合，眼睛像蒙了一层雾气，鼓了出来。

他跑到了一个从没去过的地方——这里原野辽阔，封冻的河里只剩一小股水还在迟缓流淌，河流之外又是树林。

终于，血肉之躯累到极限。基诺膝盖一弯，瘫倒在地。

苏醒过来时，他被吓得不轻。两只乌鸦立在不远的树枝上，饶有兴味地望着自己。

"嘿！"其中一只厌恶地说，"我怎么跟你说的？"

"你怎么跟我说的？"另一只问道。

"我跟你说了他还活着。"

"那又怎么样？"

另一只乌鸦恶狠狠地在树枝上磨尖了喙。

"我饿啦！"

"谁不饿？"

他们沉默地盯着基诺。

"难道你们在谈论我？"基诺害怕地问。

第一只乌鸦拍打着翅膀，在树枝上走来走去。

"怎么，不行吗？"

"你不想听就别听。"第二只乌鸦接腔。

"我也没法子……"基诺说。

"你没法子……"第一只乌鸦开口道，可另一只啪地张开翅膀，伸出尖利的喙，打断了他。

"你真让我受不了！"他嚷道，"我饿啦！"

基诺缓缓地从地上站起来。

"你非这样不可吗？"第二只乌鸦说，"你躺下死掉行不行？"

"我迷路了，"基诺可怜兮兮地回答，"你们能帮帮我吗？"

两只乌鸦压低嗓音，低声商量了一阵子。

"这样吧，我们也愿意让一步。"第二只乌鸦又开腔了，"你慢慢在这附近转上一两天再翘辫子也行。我敢说，我们俩还能挺个两天。"

第一只乌鸦补充道："确实，确实，三天也没问题。"

基诺声音打战："我不想留在这儿，也不想在附近转。我要回去找妈妈。"

两只乌鸦的眼睛里多了一些和善。他们和所有的乌鸦一样，非常尊重家庭和部落。

"唔，"其中一只说，"这倒让情况有点不同了。你以前从来没到过这里吧？"

"你从哪儿来的？"另一只乌鸦问。

"我不知道。"基诺迟疑地说。

第一只乌鸦歪着头，问："你知道自己要去哪儿吗？"

"我要去找妈妈。"基诺又说了一遍。

"她叫什么？"

"法琳。"带着一些自豪，基诺补充了一句，"她是斑比的伴侣。"

"呵！这样啊！好吧，我们看看能怎么帮你。"第一只乌鸦眯起圆眼睛，望向基诺来时留下的痕迹，"看来，你是从太阳落下的方向来的。"他说，"我建议你今晚先在这里睡一觉，明早太阳升起时，跟着太阳走。"

"有道理。"第二只乌鸦插嘴道，"这样我们也好找你。"

"尤其是，"头一只乌鸦思考着说，"要是你真的出事了的话。"

他奋力拍了几下翅膀，从树枝上飞走了，另一只乌鸦也跟在后头。基诺望着他们越过树顶，笔直有力地朝西边飞去。他感觉自己很虚弱，头晕目眩，四条腿直哆嗦。他刚倒下的地方看上去足够隐蔽，因此，他决定听从两只乌鸦的建议，在这儿待到天亮。

微风停了。细瘦的月亮在渐暗的天空中升起，睡意犹如黑色的大手，沉重地压在基诺身上。

天色明暗交替之时，基诺惊醒了。在梦里，为了找到他，法琳和格丽走遍了整座森林。她们对着每丛灌木呼喊他的名字："基诺！基诺！"

梦中，法琳和格丽走到了一片荒芜的旷野，头顶上的月亮照在灌木丛上，灌木仿佛变成了扭曲纠结的骨头。她们的背后，潜伏着一道危险的影子——体格巨大，深灰色，涎水直流，脖子上的毛乱蓬蓬。

"妈妈！"基诺恐惧地大叫。

一片乌云遮住了月亮。基诺再看时，他的妈妈已经跑远了。不，那不是他的妈妈。是罗拉姨妈，正慌不择路地逃窜，可受伤了的腿让她跑不快。在罗拉的背后，两只乌鸦仿佛被看不见的绳子系在了罗拉身上，一直追着她飞。

基诺的梦很接近现实，法琳和格丽的确在林中到处找他，呼唤着他的名字。而尼罗此时已经回到狗舍，舒舒服服地舒展了身体。罗拉则拖曳着身子，远远地离开了法琳的领地，一头栽倒。

长时间的休养前功尽弃——罗拉腿上的旧伤发作了。肌肉绷紧，疼痛难忍，无法受力，僵硬地拖在后面。罗拉孤零零地倒在一棵接骨木的树影下，不时呼唤着："博索！拉娜！"可并没听到两个孩子的回应。

博索和拉娜守在平时休息的地方，难过地等待着关于母亲的消息，他们都以为母亲肯定死了。

曙光渐渐亮起，法琳和格丽还在寻觅失散的家人。尽管格丽一再抗议，但法琳对罗拉的恨意并未消减。而罗拉疼得辗转反侧，呼唤孩子的声音也越来越弱。博索和拉娜忧心忡忡。

太阳在树顶上刚刚露头，基诺就起身出发了。他留心让自己的影子落在身前，小步朝着两只乌鸦昨天给他指的方向走去。

时间慢慢过去。基诺在封冻的河流边停下，喝了两口水解渴。一条鱼眼神呆滞地望着他。

一路上他遇见了很多鸟——麻雀、知更鸟、喜鹊、松鸦，还有乌鸦。可大家对他都不留意。

这一片地方的动物们看上去都很安详无畏。基诺没有遇到鹿。

终于，他无须再留意影子的位置了。两个黑点从西方朝着他飞来。基诺正好走到一片草地的中心位置。右面有一个小水潭，幽深的水面结了冰，发出暗淡的光。水潭旁斜立着一株柳树。

基诺站在水潭边等待。有力的翅膀推着天空中的黑点前进，他们渐渐变大。基诺认出，那两只饥饿的乌鸦来了。他们在空中盘旋了两圈，落在柳树枝上。

"哎呀，"其中一只声音沙哑地说，"这不是咱们那死不了的朋友吗？"

另一只乌鸦意味深长地打量着基诺。

"你觉得他有虚弱的迹象了吗？"他问同伴道。

"一点没有。"头一只乌鸦叹了口气。

"那我们还是有话快说好了。"乌鸦往树枝的低处走了两步，"我们看见你妈妈了。"

"真的吗？"基诺放心了，立刻觉得有了力量，"她在哪儿？"

"肚子咕咕叫的乌鸦遇上你们这一家子真是倒了大霉。"一只乌鸦没好气地说，"她受伤了。"

"受伤了！"基诺叫道，"怎么回事？"

"我们一点也不清楚。"

"一点不清楚！"

两只乌鸦一齐在树枝上跳来跳去，树枝晃动着，小冰凌唰唰落下，颇有节奏地落在冰封的河面上。

"我怎么才能找到她？"基诺恳求乌鸦帮他。

"很简单。你朝现在这个方向接着走就是了。不过动作得快，不然太阳要下山了。"

"谢谢你们！"基诺说。

"没关系的。我们谢谢你才是。"

"为什么谢我？"

"你们居住的那片森林里，似乎死啊，伤啊，比这里多得多。"第二只乌鸦回答，"我们会经常过去瞧瞧的。"

"那我还会再见到你们咯？"基诺说。

第一只乌鸦飞快地眨了眨眼，他的样子看起来很邪恶。

"也许你会再见到我们，"他嘎嘎地笑着，"不过，我看你们那儿的情况，说不定你也活不长。"

基诺没再停留。他一边望向太阳，一边快步前进。那两只乌鸦起身，振翅向相反的方向飞走了。

第二十三章

罗拉在一阵惊恐中醒来。太阳已艰难地爬到了天空正中。尽管伤痛在身，满心忧虑，但罗拉精疲力竭，不时昏睡过去。

她的腿火烧火燎地疼，嘴里干巴巴的，心跳得好像那两只乌鸦拍翅膀的声音。

罗拉无法肯定那两只乌鸦是否真的来过。他们一脸阴郁，不停地问东问西，把她吓到了。罗拉觉得自己大概发着烧，不太明白他们到底要干什么。乌鸦提了好多次法琳的名字。罗拉不记得自己如何回答的，但肯定让他们满意了——伴随着沉重的拍翅声，乌鸦终于离去。

现在她再次苏醒，每根神经都绷得紧紧的。

附近有动静。

她仿佛清楚地看到，那只狼狗正追寻着她的足迹而来。在她的想象中，狼狗正伏在草丛中，马上就要猛扑过来。罗拉咬着牙从地上抬起身子。

有什么东西目标明确地朝着她来了。她的双眼因为腿疼而模糊不清，好不容易才分辨出个黑色的形状。她使劲地眨眼，想看个清楚。心一下子猛跳起来，就和昨天逃脱狼狗之口一样。

"基诺！"她出声喊道。

那个影子停住了。一个声音迟疑地回答："罗拉姨妈？"

罗拉激动得语无伦次："是的，基诺，是你的罗拉姨妈！你都不知道我看到你有多高兴！我的好孩子，你受伤了吗？你还好吗？"

"我挺好的，姨妈。"

基诺快步跑到罗拉身边。她焦虑地看着他。

"基诺，你不会也生我的气了吧？"

"生气？为什么要生气呢？您怎么会躺在这里？您没事吧？"

罗拉觉得一块石头落了地，似乎重新活了过来。她一鼓作气站起身。

"我当然没事，基诺。你瞧，这不是好好的吗？腿有点疼罢了。我们赶紧去找你妈妈吧。可怜的孩子，你妈妈可急疯了。"

"乌鸦说她就在这儿，不过他们大概把您当成她了。"

"乌鸦？哎哟，我真傻！让你多跑路了，基诺。"

一只大松鸦落在两头鹿头顶的树枝上。

"基诺！"他尖声叫道，"我可没说！"

"说什么？"基诺问。

喜鹊也过来了。

"我早知道了！"她欢快地唱着，"我早知道了！我早知道了！"

"您知道什么了？"基诺礼貌地问。

"什么？"松鸦叫喊着，"你看看，你这不是好好的嘛，其他人也会问傻问题的嘛。"

"你妈妈在找你，基诺。"喜鹊说，"她都急死了。"

罗拉焦急地问："你们知道我的孩子在哪儿吗？"

"知道呀。"松鸦安抚着罗拉，"他们在你住的地方等你呢。"

喜鹊仿佛在做梦一般，用尖尖的声音宣布："我有种感觉！"

基诺说："希望是关于我妈妈的。"

喜鹊在树枝上前后摇晃身体："我看到有人在树林里头寻寻觅觅。有两头鹿。一头是法琳，另一头是她女儿。"

松鸦不耐烦地应道："这话我也一样能说。"

喜鹊鬼头鬼脑地在树间跳动张望："我看到她们走近了。她们往这边来了……"

"法琳！"罗拉喊道。

在场者都听到了近处窸窸窣窣的声响。罗拉这一喊，声响突然停了。

"罗拉姨妈？"格丽应声。

"格丽，我不许你跟她说话。我不允许，你听见没？"

"法琳，"罗拉说，"基诺回来了，我找到基诺了，他就在这儿。"

四下一片沉寂，直到基诺开口。

"是的，妈妈，是我。"

法琳惊呼道："基诺！天哪！"

他们听到忙乱的脚步声。法琳踉踉跄跄地冲进草丛。

"妈妈！"基诺呼唤着。

罗拉轻声道："我得去找我的孩子了。"

幸福有时很自私——罗拉一瘸一拐，痛苦地走远，而法琳、格丽和基诺根本没注意到。

尽管脚下缠满树枝树叶，格丽还是高兴地想起舞。

"基诺，"她急切地问道，"你怎么做到的？怎么逃出来的？"

基诺傲气地回答："嘿，没什么大不了！那狼狗上了我的当。"

"我才不相信。"格丽大声说，"我敢打赌……"她停了一下，屏住呼吸说，"我敢打赌爸爸当时在附近。"

"这个嘛……"基诺开口了。

"他是在吧？"

"嗯，是的。"

"他还好吗？"法琳连忙问。

逃命时基诺并未意识到父亲为自己做了什么，现在他的记忆渐渐清晰起来。

"要是你们能看见就好了！"他兴奋地说，"爸爸就像一阵风，把我和狼狗隔开。后来……"

大家兴致勃勃地听基诺讲完了自己的遭遇。

听基诺说到那两只乌鸦，法琳不禁打了个冷战，说："这两只鸟真坏！"

"鸟儿真是很奇怪。"格丽沉吟道，她又想起了角枭，"他们嘴巴那么刻薄，做事其实又很好心。"

法琳叹口气道："唉，基诺，你还这么小，却独自经历了如此可怕的一切，真让我难过啊。"

"有谁后来看到那只狼狗了吗？"基诺问。

"鸟儿们说……"法琳的声音直颤，"他们说他杀死了一头驼鹿王子。"

"要是他再来，我们怎么办？"

"我不知道。我们还是不要想了。"

"可怜的罗拉姨妈。"格丽忽然说。

"她去哪儿了？"基诺问。

法琳一言不发。她知道自己这样太狭隘，可还是无法释怀——要不是罗拉把狼狗引到了他们那片空地上，基诺也不至于遭遇危险。

"我们和好行不行？"格丽哀求道，"毕竟姨妈当时受了惊吓，腿上还有伤。她不是故意的。"

"妈妈，你为什么生罗拉姨妈的气啊？"基诺疑惑地问。

"没什么好说的，儿子。"法琳低声说。

"可这很要紧，妈妈。"格丽哭道。

"我得想想。"法琳嘟囔着，"她把危险引到了自己的同族身上，破坏了森林中最重要的一条法则。"

"可她不是故意的，基诺现在也平安了，我们去看看她吧。"

"那好吧。"法琳不情愿地同意了。

"我们快走吧！"

他们朝着罗拉一家休息的地方走去。法琳和基诺并肩走着，格丽在前头引路。他们撞到了另一幅幸福的景象。

罗拉疲惫地倒在地上，尽管腿疼，可心里高兴。博索和拉娜站在她身边，叽叽呱呱地汇报都做了些什么。然而，法琳、格丽和基诺刚现身，他们都不说话了，气氛很是尴尬。

"什么事？"博索口气疏远。

"您还好吗，罗拉姨妈？"格丽轻快地问，试图打破两家人之间明显的隔阂。

"她挺好的，谢谢。"博索说得并不对。他盯着基诺，克制着敌意。

拉娜脱口而出："我们很高兴看到你没事，基诺。"

基诺用前蹄刨着雪。

"这个嘛……"他刚开口就被博索打断了。

"你可真是个大英雄啊！"

"你们都怎么了？！"格丽不耐烦地问。

"我们怎么了？"博索噘起嘴，"我们可要感谢基诺救了我们母亲的命！"

法琳恼火地嚷道："你们是应该谢谢他！"

"我们当然得谢谢他。"博索话带讥讽，并不真心。

"我们非得这样吗？"拉娜眼泪汪汪地说，"都是误会呀。我们知道妈妈绝不会存心伤害基诺的。"

"你们看看她！"博索说，"她看起来难道很危险吗？她动都动不了！"

"博索，我不喜欢你这个态度。"法琳厉声道。

"对不起，我本以为你至少会让鸟儿给我们捎个信，告诉我们她受伤了。没想到你竟然赶她走。"

"博索！"罗拉哀号道，"不要这样！"

"您别骂博索，"格丽说，"我们当时确实做得不好。"

"不好？！"法琳怒火冲天，"起头是她……"

"我们还是走吧。"格丽很清醒。

"基诺！"拉娜唤道，"一定都会没事的！"

虽然拉娜出声抗议，但两家之间已然竖起一道墙。也许本可坦诚相交，冰释前嫌的，可这时远远传来了树枝被踩断的声音，快乐的口哨声四散传开。

"是'人'来了！"法琳害怕地小声说。

鹿们立刻转身，一溜烟跑不见了。

守林人迈着重重的步子，沿着小路走来。猎枪挂在右臂上，欢快地吹着口哨。他眼光敏锐，环顾着树木和地面，长靴深深地踏入积雪。

没过多久，他走到了斑比栖身的山丘旁。斑比就在洞里，听到、看到，也闻到了守林人的气息，却纹丝不动。

守林人围着山丘转了一圈，猛然站住，面前出现了被尼罗撕扯稀烂的驼鹿的残躯。

"唔，这是什么情况？"他自言自语道。

他细细地检查着尸体，在这方战场上四下寻觅杀手的踪迹。终于在灌木丛中发现了几缕灰毛，爪印也清晰可见。

"一头狼！"他迷惑地惊呼道，"这里怎么会有狼！"

脑中灵光闪现，他一巴掌拍到膝盖上。

"是村长家的狗尼罗！他成了个杀手！"

守林人面色凝重，聚精会神地追踪着狼狗的踪迹，一直走到森林边缘。

"嗯，"他自言自语道，"恐怕这只狗要受受惊吓啦。"

他在口袋里摸索着，拿出几个弹夹。那里头的火药极少，不会危及尼罗的生命，但会烧痛他的皮，好让他忘不了这个教训。

守林人耐心地隐蔽起来。尼罗没有出现。后来接连两天，守林人都早早来到这个地方等待尼罗，可他并未回来。

第四天，他看到杂草丛中有一道匍匐的阴影，无法确认是尼罗。风把人的气味吹送到阴影的方向，阴影掉头走了。

到了第五天，时机对了。下午两三点时，守林人扭头往后看。斑比伫立在山脚下，高高仰着头，嗅着空气中的味道。

"老天爷！"守林人喃喃道，"好英俊的鹿！希望他的角长出来之后，还能再见他一回！"

心神一分散，他再看的时候，斑比已经消失了。守林人看不到斑比栖身山洞的洞口，因此到处张望也没见他。正好生奇怪，再一望，发现灌木丛中趴着一个黑影。

守林人举起了猎枪。

今天没有风。尼罗丝毫未感觉到自己被监视着。他迅速在树影中移动，充血的双眼眺望着猎物的踪迹。一只野兔跳了出来。尝过了鹿肉滋味的尼罗对微不足道的野兔本来毫无兴趣，可那天下午，他百无聊赖，便本能地追了上去。

野兔笔直地朝着斑比居住的山丘跑去，吓得魂飞魄散，长耳朵紧紧贴在背上，棉花团一般的尾巴闪着白光。他只顾着逃命，连守林人都没看到，尼罗在后面紧追不舍。

守林人朝着尼罗的后背，举起了换了弹药的猎枪，接连放了好几响。尼罗疼得回身直嗥叫。守林人站起来，威慑十足。

"你好好记着这个教训！"他吼道。

尼罗记起，"人"是无所不知的——他立马泄了气势，畏缩不前了。耳朵耷拉下来，尾巴夹到两腿中间。

"快滚回家去！"守林人又咆哮道。

尼罗可怜巴巴地呻吟着。他垂头丧气，十分愧疚，瘸着腿下坡往家走。被守林人一怒斥，再加上屁股和后腿上星星点点的刺痛，他咬着牙小步跑了起来。假如现在有鹿出现，他觉得自己简直会被吓晕过去，然而一路上什么也没碰到。

守林人缓步跟在尼罗后面。这几天，村长的病已经好了许多。守林人上门时，村长正舒舒服服地坐在摇椅上。守林人向他汇报了事情的经过。

"什么？这不知好歹的畜生！大家伙，你给我过来！"村长呵斥尼罗道。

尼罗明白，情形再糟糕不过。他羞愧难当，恨不得挖个地洞钻进去再也不出来。他畏首畏尾，溜到自己最畏惧的主人面前。

"你活该被枪打！"村长咆哮着，"活该！你听到没？你得感谢守林人留下你一条命！"

知错的狼狗试图舔主人的手。

"别想讨好！滚回你的窝里去！"

守林人开怀大笑。

"他这次可真被教训了。"他说。

"希望如此！"村长仍在生气，"我可不愿失去这只狗。病重的那几天，他比医生还懂我呢。"

"的确是只漂亮的狼狗。"守林人很会说话。

"嗐，也顾不上了！"村长把烟草递给守林人，"下次你要是再发现他在森林里搞破坏，只有打死他一条路了。我可不愿养个杀手在家里。"

守林人把烟草填到一只漂亮的烟斗里，他真心希望尼罗不要再犯错误。只要他的主人病愈，能出门，应该不会再出事了吧？

第二十四章

狼狗掀起的恐怖风潮过后，林中又恢复了安宁。天气渐渐温和起来。有时连续几天，天空都一片淡蓝，没有云彩。发白的太阳仍然无力，但也喜洋洋地发着光。

一天，基诺呼唤妈妈："看呀，"他惊讶地说，"雪变成花啦！"

法琳低头，看到地上开了许多雪花莲。

"是啊，"法琳心情轻松，对基诺说，"这种花一开，雪就快要化啦。"

"你是说，不会再冷了？草地会再变绿？"

"是的，好日子就要到来了。"

"哇！"格丽开心地喊道，"能自由奔跑了，想想就开心！"

"是啊，多好啊！"基诺边说边焦急地检查积雪，想看看雪是否已在融化。

不久，太阳的热力逐渐增强。森林里到处是汩汩的

186

流水声。大地解除封冻，到处是软乎乎的稀泥。草地上的池塘涨水了，整片原野都变成浅浅的湖泊。

"天哪，"基诺看着水里自己的倒影抱怨着，"这可不好玩！"

"鱼肯定觉得好玩。"格丽说。

"我又不是鱼！"基诺厌恶地转身就走。

"会过去的。"法琳安慰他，"涨过了水，草会变得更绿。"

"这还差不多。"基诺领头，一家子朝空地走去。

橡树上，一只松鼠正端坐在自己的洞口外。经过漫长的冬眠，他眨着眼睛，驱赶睡意。这么久没吃东西了，肚子饿得咕咕叫。

"哎哟，不好意思呀。"他嘟囔着。一滴融化的雪水落下来，打到他的鼻子上。

"你瘦了，松鼠。"格丽说。

"当然瘦了，我的皮都松啦……"他饥肠辘辘，到处张望，"要是能想起来我把坚果都藏到哪儿就好了。"他狐疑地盯着基诺看，仿佛怀疑他偷吃了自己的储备。"唉，看来我还是得下树去找。每年都这样。"

"你努力记住嘛。"格丽说。

"努力记住，说得容易！"松鼠没好气地回答，"要我说啊，大家都只能记住一定要努力。"他甩着头，回到

187

洞里，尾巴都因为生气而膨大起来。

基诺越来越烦躁了："现在还下雨！"

的确下雨了。天空突然暗下来，零星的小雨很快变成不紧不慢的中雨。

"再这样下去的话，鱼都要高兴疯了！"基诺抱怨着，"我呢，我就只会气疯了！"

"耐心点，孩子。"法琳教育他。

"有什么好耐心的！"基诺生着闷气。

"天哪，"法琳哀叹道，"你怎么还跟小时候一样喋喋不休。记住，你必须长大成熟。风浪你经过了，大的危险你也逃过了，要学得跟你爸爸一样。"

"爸爸到哪儿去了？"基诺问，"我们好久没见到他了。"

"他会来找我们的。"

"太阳会出来，草地会变绿，爸爸会来找我们！他们要是一起出现的话，那还真是忙乱得很呢。"

远方传来一阵轰鸣的雷声，淹没了基诺的话音。起风了。基诺躲到一棵橡树下。树枝在风雨中悲鸣。突然，半根树杈掉下来，砸到了地上。基诺吓了一跳。不过，他很快就庆幸自己找到了这个庇护所，因为掉落的树杈刚好为他挡住了好些风雨。风狂暴地吹，撕扯摇晃着树木，基诺的意识开始模糊，快睡着了。

半梦半醒间，基诺听到橡树大吼："嘿！这样叫醒我们也太粗暴了吧！你睡得还好吗，松树？"

"还不错。"松树回答，"你睡得可真香啊！"

橡树伸了个懒腰，全身发出毕毕剥剥的声音。"好像有树杈断了，我的确感觉有什么东西掉了下去。你好啊，小树苗！"

"先生，您好！"小树苗很有礼貌地回答。

"这就对了，"橡树赞许道，"到了该起来的时候，就不要睡懒觉。唔，我刚才要说什么来着？"

"我不清楚，先生。"

橡树哼了两声，仿佛思考得太辛苦似的。

"哦，想起来了。"他说，"我的一根树杈断了，就是先前挡在你头顶的那根。现在你可以长得更好了。"

"我一定努力！"树苗心怀感激。

枫树打了个呵欠，也加入了谈话："你还是少说话，站稳点好，小树苗。不然，能不能挺得过这场暴风雨都难说。"他这样建议道。

就在此刻，一阵狂风吹来，吹弯了小树苗的腰。所有树木都陷入沉默，只听到树杈摇摆的声音，粗壮的树干绷紧了身体。

基诺醒了过来。

"真希望我清醒的时候，树们也会讲讲话。"基诺喃喃自语，"我有好些问题想问！好些问题！"他提高了声音，但树们都没理睬。

早晨，暴风雨停了。这场雨几乎冲走了全部积雪，劲风则吹干了高地。太阳友好地露出脸来，跟松鸡们打着招呼。而松鸡们则欢快地叫着，从埋头大睡中醒来。

春天，乘着暴风雨的翅膀归来。

一只黑鹂已在枫树的树顶排练起新的歌曲。喜鹊们干劲十足地聊着东家长、西家短，在枝丫间追来追去。松鸦则大模大样地晒着太阳，不时刻薄几句邻居们。

第二天，劳动的召唤响起。天空中到处是忙碌的鸟儿，嘴里衔着草叶或小树枝，飞来飞去。有些要给自己筑新巢，有些则审视着冬天带来的破坏，东补补、西修修，不时填上一点泥巴，想省掉重新开始的麻烦。

法琳、格丽和基诺不需要修建巢穴，就在阳光下懒洋洋地打瞌睡。基诺的头刚往下栽，法琳就轻快地说："孩子们，这么个繁忙的时节，我们不该在这儿浪费时间，至少应该起来锻炼锻炼。"

"怎么锻炼呢？"基诺立刻问道。

"草地那边的水已经退了，你们去那里

好好跑跑闹闹吧。"

"大白天的也不要紧吗？"基诺很是惊奇。

"对，这个季节还很安全。"

"那我们快走吧！"

三头鹿起身，信步往草地走去。

格丽突然停了下来。

"妈妈！"她惊叹道，"你看基诺的头顶！"

基诺死命地翻眼睛，想看自己的头顶。

"我的头顶怎么了？"现在全部注意力都放在头顶上，他的确觉得有一点痒。他把头往树上蹭。

"基诺头上长了包！"格丽说。

法琳压抑着笑声，基诺可着急了。

"什么包呀！"他明知不可能看到自己的头顶，还是奋力地仰着头往上瞅，"到底怎么回事？"

"也许你被虫子咬了？"

"孩子们，"法琳的声音里满含笑意，"基诺长大啦！他头上的不是包，而是鹿角冒头了。"

"角？妈妈，我也会有一顶王冠吗？"

"当然啦，儿子，就和你爸爸的一样，也许会和他的王冠一样漂亮呢！"

基诺昂首挺胸地走在小路上，腿绷得笔直。

"妈妈，王冠可真是太棒了！"

"你爸爸在你这么大的时候，你长得和他一模一样。"法琳回忆着。

格丽装作被吓到，说："妈妈，别这么夸他。他得意得快要爆炸了。也许他头上的包正是他满满的虚荣心呢。"

基诺心情特别好，并不在意格丽的嘲讽。他在小路上来回跑，高兴地嚷着："我也要有王冠啦！我也要有王冠啦！"

一家子走到草地上，基诺赶忙冲到池塘边，观看自己的倒影。水中，他的脸被拉长，显得很是奇怪。他本希望能看到头上伸出又长又尖、仿佛闪电般的角，可倒影并不明显，令他大失所望。

"我什么都看不见。"基诺难过地说。

"不要紧，你的王冠快长出来了。"法琳安慰他。

妈妈说话的语气如此郑重其事，基诺的心情即刻好起来。

过了一会儿，罗拉、拉娜和博索来了。

自从基诺从狼狗尼罗的追捕中逃生、两家吵架以来，这是他们第一次碰面。过去的这些日子两家人非但没有消解不快，反而矛盾加深。基诺和博索互相打量着，目光中都是敌意。

两家关系如此紧张，格丽一直不开心。与罗拉一家

192

重归于好，几乎成了她最大的心愿。她感觉，拉娜也是这么想的。格丽赶忙迎上前，喊着："拉娜，看呀！基诺的王冠要长出来啦！"

"希望能匹配上他的王者气概！"博索酸溜溜地说。

基诺没吭声。他偷眼看看博索的头顶，十分担心博索头上的包会比自己的更明显，可博索的头顶看上去很是光滑自然。

"你还是先长大再开口吧。"基诺说。

"你脑袋长得比我大，这再正常不过了。"博索回击道。

"博索、基诺，别这样！"格丽说。

拉娜什么也没说。基诺和博索彼此怒视，都做出自以为再凶不过的表情。拉娜扑哧笑出声来。

"基诺，你不知道你现在的样子多好笑。"拉娜说。

"好笑？"基诺被惹恼了。

"我觉得你好像在扮鬼脸。"

"嗬，我在扮鬼脸？！才没有呢！你的脸才最好笑呢……除了博索之外。"基诺想了想，又加上最后这一句。

拉娜倒抽一口冷气："你好粗鲁！"

罗拉恳切地望着法琳，说："孩子们，别这样！"

然而法琳并未出声喝止孩子们的争吵。那时，她把受伤的罗拉赶走，甚至没给罗拉的孩子们捎个信。当博索暗示她这样做实在残忍时，她心里也感觉自己可能真的有错——这份心底的愧疚越发助长了她的怒火。她沉默着，暗自懊恼。

博索鲁莽地脱口而出："他们一家这么高傲，还不是因为斑比会护着他们。"

"你不可以用这样的口气说你的鹿王。"法琳厉声道。

罗拉转身望着自己从前的密友。"法琳，"她平静地说，"我不觉得博索提到斑比的方式有何不妥。他要说的是，如果没有了斑比的地位，你的行为也不会像现在这样。恐怕，他说得有道理。我随时愿意接受斑比的裁决。"

"孩子们，"法琳生硬地命令道，"我们不该跟他们来往。走吧。没必要毁了这美好的一天。"

话音刚落，她便转身快步远走。基诺稍稍迟疑，跟上了妈妈的脚步；而格丽则犹豫了好一阵，才慢慢离开。

第二十五章

第二天的清晨，阳光灿烂，温暖美好。法琳和孩子们又回到空旷的草地上。罗拉、拉娜和博索都没出现。

格丽觉得，这么一个阳光灿烂的天气里，草坪显得特别空旷，仿佛比天气糟糕时更空。

为了平息良心不安的刺痛，法琳问女儿为何感到困扰。

"没什么。"格丽回答，"能有什么呢？"

"我看得出来，你心情不好。"法琳坚持要问。

格丽本不愿回答，可忍不住了。

"我对罗拉阿姨和她的孩子感到抱歉。"她承认，"我觉得咱们对他们不公平。"

"你这话说得没良心。"法琳不快地回答。

"对不起，妈妈，可我觉得真是如此。我很难过，莫名其妙地失去了老朋友。"

"莫名其妙？"法琳气得发抖，"难道她做的事不成其为理由……"

格丽打断了她。

"好吧，妈妈，对不起。那这样说吧，不管出于什么理由，失去好朋友都令我难过。"

"新朋友很好找。"明知不对，法琳还是嘴硬。

她话音未落，基诺发现两头小雄鹿走进了草地。

"看，"基诺说，"我们不认识他们。"

法琳顺着他的目光望去。

"也许他们就能成为新朋友。"她向格丽提议。

基诺快步上前，跟他们打招呼。

"你们好！"他说。

新来的两头小雄鹿怯生生地看着基诺，过了一会儿才回应。

"你们叫什么？"基诺问道。

"他是内罗，"其中一头回答，"我是曼博。"

曼博说话的语气很是紧张不安，内罗看上去则稳重许多。

"我叫基诺，是斑比的儿子。"基诺对他们说，"这是我的妹妹格丽。"

"格丽，你好。"两头小雄鹿说，"我们听说过你们俩。"

"真的吗？"基诺大声说。

"我们当然知道斑比的儿子，"内罗镇静地说，"也知道法琳的女儿。"

"你们的教养真好。"格丽由衷地说。

两头小雄鹿不语。基诺饶有兴趣地看着他们，注意到了他俩的头上有隆起，预示着他们也接近成年。基诺心想："我的头也跟他们一样。"

格丽问："你们到这儿来是为什么？我们以前从没见过你们呀。"

"我们来这儿是因为心里难过。"曼博回答。

格丽留意到，曼博站着的时候，身体略微偏向一条后腿，而且猛烈地颤抖着。

"你好像很紧张，曼博。"格丽说。

曼博话都说不出来了。"我、我，对、对不起。"他结结巴巴，好不容易开了口。

"请原谅他，"内罗连忙说，"先前，'人'到森林里狩猎的时候，曼博遭遇了很大的打击。"

"怎么回事？"基诺急切地问。

"我们的母亲被打死了。"内罗不情愿地回答。

"天哪，真抱歉！"格丽惊呼道，"所以你们才独自在外头？"

"对。"曼博简短地回答。

"那你们一定要见见我们的妈妈。"格丽决定了。她呼唤着法琳，把曼博和内罗介绍给母亲。法琳一派慈爱宽厚。

"你们和格丽、基诺玩去吧。"她说，"虽然发生了这么可怕的事，但老是愁眉苦脸可不行。"

"谢谢，谢谢！"曼博说。

法琳沉吟片刻。

终于开口问道："我在想，我在想，你们是否愿意和我们待在一起？"

"跟您待在一起？"曼博惊讶地问。

法琳觉得，自己若是好好照顾这两个孤儿，就不用再为曾粗暴对待罗拉的事而被良心折磨。

"是啊。"她回答，"我以前就常想，基诺要是能跟他年纪一般大的男孩子一起长大就好了。"

"您是说—— 一直和您在一起？"连腼腆的内罗都激动不已。

"您太好心了，法琳女士！"曼博不禁喊出声。

"你们要是愿意留在我身边的话，就得叫我妈妈。"

两兄弟深受感动，他们语无伦次，连连道谢。法琳摆摆头，要他们无须客气。

"现在你又有好朋友了！"法琳对格丽说。

"比朋友还好！"基诺激动地喊道。

"你们太好啦！"曼博说。

"我们去玩吧！"格丽建议。

大家都开心应和。

从那天起，基诺担负起领头的责任。在内罗和曼博的眼中，斑比的光环也笼罩在基诺身上。尽管他们并不低三下四，可也明确向基诺表示尊重。虽然年纪相仿，可他们尊重基诺如同兄长。

对新伙伴的好奇和新伙伴带来的喜悦，让格丽几乎把拉娜和博索忘到脑后。两家子极少碰面，即使偶尔相遇，彼此也形同陌路。

新来的两兄弟一再表示他们多么开心。

"我们现在才发觉，在有幸遇到您之前，我们的生活是多么不完整啊。"他们对法琳说。

就算法琳收养他们的时候怀有私心，现在也消散了。她真诚地欢迎这两兄弟加入她的家庭，对他们的爱丝毫不亚于对自己的孩子，生活中也处处留心，对所有的孩子一视同仁、慈爱有加。

日子在欢笑中一天天过去。四个孩子赛跑时，曼博总是拿第一。他一跑起来，没谁能追得上——连从前被认为是小鹿跑步冠军的基诺都稍逊一筹。

一天，一家人正往休息的空地上走着，格丽和内罗聊着曼博的飞毛腿。

"他的后腿特别有力。"内罗说，"他还总是神经过敏，所以跑得更快。"

"我觉得他现在没以前那么紧张了。"格丽说。

"你说得有理。现在情况不同了嘛，这很正常。"

"瞧，是那只松鼠！"基诺插话，"他好像找到自己藏的坚果啦！"

"我是找到了些坚果。"松鼠纠正他，"但是不是我自己藏的，我还真不清楚。"

"松鼠，"格丽责备道，"那你恐怕做贼了。"

松鼠正在啃一颗坚果，听了这话差点儿呛着。

"啊哟，你真无礼！"他喘着气。

"你要是吃了别人藏的果实，就是做了贼。"

"瞎说！"松鼠尖声叫道，他毛茸茸的尾巴竖成一个惊叹号，"胡说八道！"

他的脸颊都气得鼓了起来，当然也因为嘴里填满了坚果。

"那你管自己叫什么？"格丽装出严肃的样子，质问松鼠。

松鼠翕动着小鼻子："我相信松鼠之间的兄弟情谊。"他高傲地回答。

"你把别人的储粮都吃光啦，难道兄弟情谊允许你这么做？"格丽毫不留情。

"没有什么'人家的储粮'，"松鼠摆出高姿态，"所有的东西都由大家共享。"

"你啊，就是个毛茸茸的强盗。"格丽出言莽撞。

"老天爷，你说话越来越放肆！"松鼠气得语无伦次，"小姑娘，虽然我个子不够大，但我的年纪足可以当你爸爸了——你得对我放尊重些！秋天里，所有的松鼠都要拼命干活儿，到处找坚果，把坚果藏起来，然而就是忘了藏在哪儿。"

"所以我说你得努力记住呀。"

"一派胡言！要我说啊，现在大家就是记性太好了。设想一下，我的确记得自己把坚果藏在哪儿了，但要是看到其他松鼠吃了我的坚果，我肯定要生气、要打架。那又有什么好处？"

格丽无言以对，松鼠便继续说："而且，也许其他松鼠找到的坚果比我的更好，所以能找到别人的，我还巴不得呢。"

"别人的收藏也有可能比你的差呀？"基诺说出他的想法。

"不能这么想。"松鼠很固执，"要是总觉得自己上当受骗，日子也太难过了。"

"这话有道理。"格丽承认。

"当然有道理。你总不会还要叫我骗子吧，但愿。"

"可是，"内罗插嘴了，"假如有的松鼠一个坚果都没藏起来呢？难道你愿意让他偷了你的劳动果实吗？"

"你偏题了。"松鼠振振有词，"坚果不是果实，也永远不会成为果实。不过，你提出来的这一点反正也不会成为现实，所有的松鼠在秋天都会收集坚果的。"

"那要是有谁偏不收集坚果呢？"内罗坚持要问。

"那样的话，"松鼠回答，"我也欢迎他随便吃个饱。与其时时刻刻监视大家干活，耗费大量时间和精力，还不如供养一个懒家伙呢。"

松鼠平静地咬开另一颗坚果。小鹿们伸伸懒腰，准备入睡。松鼠的头脑和他的身子同样敏捷，小鹿们还需要时间的磨炼，才能想出反驳他的理由。

第二十六章

春天真真切切回到了森林里。板栗树上挂满了黏糊糊的花蕾，橡树也披上了星星点点的绿装。林间小路、开阔空地和草地上处处长出嫩草，紫罗兰为绿色的草地打上了深色的补丁。池塘四周的芦苇正在变绿，一丛丛鸢尾花也长出了花苞。

燕子在空中掠过来、掠过去，无休无止。啄木鸟用尖喙咚咚咚地敲击树干。一两只早到的蝴蝶随风起舞，蜜蜂也都出来忙忙碌碌。

万物生长的气味，生命蓬勃的声响，弥漫在空气中。风轻柔地吹过，问候着水仙花，而花儿也点头致意。空中回荡着鸟儿的甜美歌声。

格丽想起了云雀，她常常提到他，提到他那温暖人心的歌声、谦虚的姿态和艰苦的生活环境。

曼博真诚地说："我也想听云雀唱歌。"

格丽摇摇头："云雀住在田野里，那里总有'人'。对我们来说，听他唱歌太危险了。"

小鹿们的皮毛从冬天的暗淡褐色变成了夏天的亮红色。基诺长出了两只角，大小和手指头差不多，角上还覆盖着一层苔藓般的绒毛。这让基诺简直自豪得无以复加，一到池塘边，就没完没了地观察自己的水中倒影，看看角是不是又长长了些。

曼博和内罗的头顶上也开始凸出尖尖角，可还远不及基诺。他们越发尊基诺为首领。

小树苗把橡树的建议放在心上，奋力长大。它一点一点，占据了橡树枝丫断落后腾出来的空间。在橡树的叶子变得茂密之前，树苗抓紧时机，努力吸收阳光，静默而充满力量地朝目标上进。

小鹿们边往草地走，边啃咬着树梢和灌木丛冒头的嫩芽，饱尝嫩芽甘美的汁液。小鹿们跑着穿过草地，追打嬉闹，曲折、绕弯、跃起、挺直四条腿急刹车，尽情玩耍——身后的绿草发出丝绸般柔软的沙沙声。

法琳慈祥地看着他们。四个孩子都长得俊美，动作灵敏，性格开朗。曼博不再紧张焦虑，基诺越来越像他的父亲——性格和相貌都像。

斑比没有出现。他的王冠渐渐又长了出来。他时常思念家人，特别是基诺。可在王冠丰满之前，他还不想离开自己的隐居地。

林中小路上，游荡着众多雄鹿。他们的角都已长全，虽然还包裹着一层苔藓般的皮。很快，这层皮会脱落，裸露的鹿角又将闪烁出坚硬的寒光。

驼鹿国王们也已出现，法琳仍然很不愿跟他们打照面，但她勇敢地不让自己的恐惧显露出来，甚至还耐心地教导曼博和内罗，如何欣赏国王们的壮美，解释驼鹿和自己的族群有着多么亲近的血缘关系。然而内罗和曼博并未完全信服，每次看到驼鹿国王，他们还是会尖叫着逃开。

格丽把看到两头公驼鹿在空地上决斗的经历讲述给两个新来的兄弟。

"我的老天呀！"曼博呼喊着，"我绝不愿意遭遇如此凶暴的动物！"

"那个时节一过，他们就很温和了。"格丽沉吟着。

"我真想知道为什么。"基诺说。

终于，斑比回到了家人身边。

他的王冠已经长齐全，角上包裹着的皮肤也已在树干上蹭掉，角上沾染了受损树皮中流出的汁液，明亮得就像深色的象牙。

曼博和内罗看到斑比，心中充满敬畏。不过，他们的举止很是得体，站得笔直，静静地等待斑比注意到自己。斑比走出与族群隔绝的山洞，与家人重聚，心情愉悦。

问候了妻子和孩子们之后，他问："咦，这两位是谁？"

法琳告诉他："这是曼博和内罗。"

斑比风度翩翩地跟他们打招呼。

"他们俩现在也是我的孩子了。"法琳说。

"噢，这样啊。"斑比明亮的深色眼睛望着他们，"他们是你的孩子了？嗯，这还真让我吃惊。"

曼博和内罗不安地晃了一下身子。

"你们的父亲是谁？"斑比问道。

"他已经死了，尊敬的斑比先生。"曼博和内罗回答道，"被猎枪打死了。"

"我收养了他们两个。"法琳继续说，"他们已经失去了父母。"

"原来如此。让我好好看看你们。"

曼博和内罗腼腆地走近。

"是两个好孩子。"斑比终于开口道，"你们的步态很大方，昂首挺胸。你们跟我们的朋友相处得如何，比如跟拉娜和博索？"

大家都沉默了，没人知道该如何回答这个问题。

"嗯？"斑比急躁地追问，"你们都哑巴了吗？"

"我们已经不和他们来往了。"基诺终于承认。

"不和他们来往了？怎么回事？"

法琳告诉斑比，罗拉如何逃脱狼狗尼罗之口，基诺又遭受了何种煎熬。

斑比神情严肃地听着。

法琳说完后，斑比总结道："经历这一切之后，博索尤其认为你没有善意对待他的母亲。"

"是的。"法琳说，"不仅如此，他还指责我躲在你的保护伞下，利用你作为鹿王的地位来欺负罗拉。"

"就算他这样想，也不该说这种话。"斑比断言。他沉思片刻，问道："罗拉的腿现在怎样了？"

"应该没事了，只是走路稍微有点瘸。"

"哦。"

又是一阵沉默。

在场的每一头鹿都感到浑身不自在。斑比终于出声时，大家几乎吓了一跳，仿佛他是个陌生人。

"格丽，"斑比说，"你不介意的话，我想单独和你妈妈还有基诺说几句话。"

格丽立刻领着曼博和内罗走到一边。

"法琳，"斑比说，"罗拉说愿意接受我的裁决。这就是我要说的：第一，我认为你做得不对，不能责备人家在绝望中盲目逃命时的行为，你应该立即与罗拉和好；第二，基诺若能理解并且原谅博索，那更能获得钦佩。对也好，错也好，我们毕竟是族群里的头领之家。倘若不能理解和原谅他人，就配不上我们的地位。"

法琳垂下头。斑比的一席话，把一直在她良心中搅动不安的东西分明地表达出来。法琳羞愧难当。

基诺争辩："可是爸爸……"

"我觉得没有争辩的必要，儿子。你的鹿角王冠已经长出来了。要是无法和成年人一样思考和行动，你就配不上你的王冠。"

法琳冲动地叫道："斑比，你说得对！我心里也一直这么想。"

"我知道你会同意的。"斑比满怀爱意，用鼻子拱了拱她，"现在让我再好好看看我们的新孩子。"

格丽和两位兄弟回到父亲身边。法琳明白斑比口中"我们"的意思，满心欢喜，为自己，也为领养的儿子们高兴。

"那么，"斑比对曼博和内罗说，"法琳收养了你们，我恐怕也只能收养你们了。你们叫她'妈妈'吗？"

"是的，尊敬的先生。"内罗小声说。

"那你们也必须叫我'爸爸'，无论是否情愿。你们瞧，你们的妈妈叫我做什么，我一般都会去做的。"

"噢，先生……"曼博结巴了。

"嗯，你叫我什么？"斑比故作生气。

"噢……"可怜的曼博几乎说不出话来，"噢，爸、爸爸……"

"这就对了。这句话不难说。"

"但能对伟大的斑比说出这句话，是多么荣耀呀！"内罗自豪地说。

"这话说得漂亮，我的孩子。你们三个现在都跟我过来吧。"

兄弟三人跟着斑比走到一丛低矮粗壮的灌木旁。

"你得把角上覆盖的皮磨掉。"斑比命令基诺。

基诺笨拙地遵照父亲的指示，在树干上蹭啊蹭，但效果甚微。斑比耐心地演示给他看，基诺终于把握了正确的方法。

"好了。"看到基诺头上的角光滑干净，一如狐狸的獠牙，斑比高兴地说，"很有进步。内罗、曼博，等你们的角跟基诺的一样大了，也要照着这个方法把它磨光，尽早把角上覆盖的皮磨去才好。"

"正在长出来的角，"斑比继续说，"标志着你们在森林中独特的地位——林中的一切生灵中，只有树和鹿才会每年更换头上覆盖的东西。到了第二年的春天，还会长得更强健、更壮观。每年，树木都会长得更高，也越发枝繁叶茂；你们的角也会越长越大，越发强壮有力。"

"原来是这样。"基诺惊奇地说。

"记住，"斑比告诉他们，"你们，而且只有你们，才是强壮橡树和繁茂枫树的同盟。我得走了。曼博和内罗，欢迎加入我们的家庭，让我们都努力配得上彼此吧。再见。"

他们目送斑比在阳光下一闪而过，穿越草地，消失在林中。强健的肌肉绷得紧紧的，鹿角王冠骄傲地闪闪发光。

"斑比太厉害了！"曼博喃喃道。

"当然！"基诺很是自豪，"而我们是他的儿子。"

三个男孩仿佛又长大成熟了一轮。他们回到法琳和格丽身边。

一只黄莺在树枝间来回蹦跳，重复着他永恒不变的礼赞："我真幸福！我真幸福！"

第二十七章

基诺感到胸中有种东西在躁动。这躁动如同暗流，虽表面看不出来，却坚持不懈地朝着目标涌动。

他开始离开母亲身边，走很远的路，去探索新的地方。有时和曼博、内罗一起，但更多时候是独自前行。

只身漫游丛林，基诺总是兴奋不已，似乎每一棵树、每一丛灌木、每一株植物、每一片草叶，都呈现出崭新的面貌。

他拜访老朋友，和他们讨论森林里发生的事情，感到自己在丛林里起着积极的作用，成为丛林的重要成员。

他结识新朋友，主动结识其他鹿——通常是比他年纪大些、更成熟的青年雄鹿。不过，基诺是斑比的儿子，因此也得到了他们的尊重。

初春时节，鸟儿们费力搭建的鸟巢现在都已住满了。基诺也去看望他们，观察他们的生活习惯，聆听他们的忧愁和喜悦。

他看到，黄昏时分，雄松鸡把雌松鸡从窝里赶出去，催促她们走动、觅食。基诺聆听着雌松鸡们在这难得的放风时间里交流着彼此的希望和恐惧。

流窜的乌鸦和喜鹊来打劫松鸡的窝，基诺真心同情扇动翅膀、捍卫家园的雌松鸡。然而，尽管对这些掠食者的残暴深深不满，基诺又不禁叹服这些强盗的狡猾和灵敏。

碰到在树枝上打瞌睡的长耳枭，基诺和他聊起这事。长耳枭耸耸肩道："最好的防御，"他嘀咕着，"就是进攻。这是战略的首要法则。"

"也许是吧。"基诺认同，"但是鸟妈妈都去进攻的话，谁来孵小鸟呢？"

"这我怎么知道。"长耳枭回答。话音刚落就睡着了。

基诺转身要走，就在这时，拉娜从旁边的灌木丛中走出来。他不假思索就和她打招呼。

拉娜立刻站住。

"我还以为你不和我们说话了。"她说。

面对拉娜直截了当的质疑，基诺感觉自己傻乎乎的。

"我？"他说，"我以为这跟我没什么关系啊。"

"噢，看来你是一心要责怪博索咯！"

基诺记起父亲的告诫。他回答："不，不是的。我不想责怪任何人。"

"那你怎么如此粗鲁？"

"你难道觉得我粗鲁吗？"

"我才没空想你的事呢！"拉娜高高昂起头，严厉而高傲地盯着基诺。

拉娜这话如此直白，基诺不知如何反击，只能对她回报以凝视。他心想，拉娜要是脾气不这么大的话，还真是漂亮呢。她一身光滑的红皮毛，苗条纤长。

"你这是要去哪儿？"沉默的时间够长了，拉娜居高临下地问。

"哪儿也不去，随便走走。"

"就是在浪费时间是吧？"

"怎么是浪费时间呢？时间是有限的，不管你做什么，时间都会过去的。"

"你为什么不来找我们？"

"我想你们不会欢迎我。"

"有时候我真觉得，男孩子们不该东想西想。他们的头专门拿来长角就够了。"说完，她打量基诺一眼，"你的角长得还挺长呀。"

说这句话时，拉娜的声音非常柔和，简直令基诺吃惊。

"还算长吧，我想。"基诺小声说。

"格丽好吗？"

"很好。"

"你还多了两个兄弟？"

"是的。"

"我看到他们了，他们都很英俊。"

"我很高兴你这么想。"

"不过，"拉娜的嗓音又柔和起来，"还是不如你，基诺。"

基诺感觉自己的胸膛膨胀起来："我很高兴你这么想，拉娜。"

"有时我觉得，整座森林里，你是最英俊的。"

"拉娜！"

"当然，除开博索。"她迷茫地说完最后一句。

"博索！"基诺嘲讽道，"让我告诉你……"

"告诉她什么？"

基诺倏然转身。他没想到博索已悄无声息地走近，站到他身边了。两头年轻的雄鹿彼此对视。

"告诉她——什么？"博索重复了一遍。

"没什么。"基诺回答。

"好吧。那我们只有打一架了。"

"打架？为什么？"

"因为我不喜欢你的长相。这就够了。"

博索低下头，用前蹄刨着地。

基诺说："可我不想打架。"

"我要冲了！"博索咆哮道，急冲过来。

基诺一顿后蹄，撒腿就跑。长耳枭惊醒过来。

"留得青山在，"长耳枭评论道，"不怕没柴烧。"

"你这个胆小鬼！"博索朝着飞奔而去的基诺大喊。

拉娜对博索愤怒大吼："你对基诺太过分了！你就爱欺负人！"

长耳枭尖声叫："主持正义的人是幸福的，打架打赢的人更幸福！"

"你说的这是什么鬼话！"拉娜怒斥道。

"我只是借用别人的话。"长耳枭回答完，又合上了眼睛。

回到空地上，基诺把这件事的经过告诉了母亲和格丽。

"可是，基诺，"格丽责怪道，"你干吗逃跑呢？你不是个胆小鬼吧？"

"我也不知道自己为什么跑了。我只知道我不愿意跟博索打架。"

"是因为博索是博索，还是因为他是拉娜的哥哥？"法琳柔声问道。

"这没差别吧。"基诺嘟囔道。

尽管嘴上这么说，基诺仍自问了好长时间：为何当时逃走了？自己真的是胆小鬼吗？斑比的儿子毫无勇气，这简直无法想象。

第二十八章

打那时起，博索总想故意挡基诺的道，再次发起挑衅。他迫不及待要压倒基诺，要么凭借打一场胜仗，要么逼迫基诺再次逃跑。

基诺并不希望再次撞上博索，他身边有两位新来的兄弟陪伴。可他们还是狭路相逢了。博索决心，不先和他们对骂个痛快，绝不退缩。博索深信，基诺胆子小，而自己则是一名无所畏惧的勇士。

曼博最先看到博索穿过低矮树丛朝他们走来。

"基——基诺，"曼博喊道，他心情激动，结巴得更厉害了，"博——博索来了。"

基诺愣在原地。

"噢。"他不知如何是好。

"别担心。"内罗鼓励他，"我们和你在一起呢。"

"我不担心。"基诺坚定地说。

博索离他们近了，已经可以彼此招呼。

"嗬，"博索故意嘲弄道，"你今天带了几个朋友吗？怎么，觉得你们三个就能抵挡我吗？"

"等等等——瞧瞧瞧，"曼博开口了，可话还没说完，就被基诺打断。

基诺口气温和地说："博索，我不想和你打架。"

"不想？哼！我的想法可跟你不一样。"

"基诺，"内罗低声道，"没别的路可走了，你必须教训这个家伙。"

基诺站在原处，垂头望地。

"不，"他坚持己见，"我不想打架。"

斩钉截铁地说完这句话，基诺转身慢步走了。曼博和内罗惊讶地望着他离去的背影。

"嘿！"博索讥笑道，"也许下次我该派野兔来打这一架。看来我个头儿太大了，基诺他吃不消。"

"我可不怕你。"内罗语调平平，对博索说，"你最好小心点。"

"你当然可以说大话啦。"博索回答，"你们两个对付我一个嘛。不过，我不跟你们争。跟我结怨的是基诺，不是你们。他要是胆怯不敢跟我打架，那就算了。"

公平说来，内罗也觉得此话有理。他叫上曼博，兄弟俩失魂落魄，跟着基诺走了。

那天晚上，基诺感觉到，身边所有人都在质疑自己，连母亲法琳都心情沮丧。夜幕降临，大家纷纷入睡。曼博和内罗等着鹿妈妈们睡着，才要求基诺对今天的举动给个说法。

"我们实在想不通，"他们强调，"你的力气和个头儿都不比博索差呀！"

"对不起。"基诺说。

"听着，"平时少言寡语的内罗此时心情激动，"这已经不是你个人愿不愿跟博索打架的问题了。你在森林里的名声都会受影响。也许……"他迟疑了一下，"也许连斑比的名声也会受到影响！"

"我不和博索打架，跟我爸爸的名声有什么关系？"基诺反问道。

"可能很有关系呢。我们谁都冒不起这个险。"

格丽柔声说："我相信基诺能自己解决问题。"

兄弟三个听到格丽的声音都吃了一惊。他们以为格丽早就睡着了。基诺没说话，但心里很感激格丽插了这一句。

第二天早晨，基诺起得很早，可格丽更早。

"今天，我想跟你一起走。"她说。

"当然没问题。"

"你要去哪儿？"

"啊，就是随便走走而已，没什么特别想去的地方。"

"我也这么想，就轻松悠闲地过一天。"

"那咱们走吧。"

他们信步游荡，欣赏树上冒出的新叶、草丛中向阳盛开的鲜花。基诺告诉妹妹，父亲提到过，树木和鹿群彼此相似。

"哇，这可太好了！"格丽雀跃道。

"我也这么觉得。"基诺表示同意，"真希望能多和爸爸待在一起啊。"

"他很快就会来找我们的。"格丽安慰他。

基诺和格丽走到草地的池塘边。闪耀着金属光泽的蜻蜓飞来飞去，不时张开翅膀，在羊蹄叶上休息。青蛙纷纷跳入水中，拼命游到池塘对岸。基诺和格丽痛饮池水后，继续往前走。

他们观察着一窝蚂蚁，看它们专心而忙碌地工作着；他们静静观望一只蜘蛛结起精妙而富于欺骗性的网。

他们将黑色的小鼻子伸入灌木丛中，偷看抱窝的鸟儿孵蛋——画眉、大山雀、麻雀、知更鸟，都在为即将破壳而出的幼鸟操心。

基诺仰头查看一棵半死的榆树，发现两只大黑鸟站在断了半边的树枝上。基诺觉得与这两只鸟似曾相识。他没错。

其中一只鸟说："这不是那年轻的'死不了'吗？"

"真是他。他气色很好呀。"

"你们好吗？"基诺开口问候，并说，"这是我的妹妹。"

"很高兴认识你。"第二只乌鸦道。

"你们气色也很好。"基诺对两只乌鸦说。

"必须的呀。"第一只乌鸦回答，"你想知道我们昨天吃了什么吗？"

格丽打了个寒战，说："不用了，谢谢。"

"随你吧。不过，说到吃，我倒想起来了。我知道哪儿会有好吃的点心。"他用粗哑的声音跟同伴嘀咕了几句，一同振翅飞离了树枝，"再见！以后再见了，也许。"

"鸟和'人'真像！"格丽喃喃自语。

"怎么个像法？"

"他们似乎都能造成很大的伤害，也能做很多好事。我真想知道，为什么'人'既要喂我们，又要追杀我们。我觉得，如果能了解这一点，就能想清楚好多我弄不明白的事。"

格丽和基诺边走边聊，没留神已经信步回到了平时栖息的空地。法琳和两位兄弟都不在。阳光下，这里空旷而安宁。在他们若有所思的目光注视下，似乎空地也在舒展着腰身，不断成长。

格丽突然说："啊，佩莉在那儿，她好像很赶时间呀。"

他们望着那只灵巧地在树间蹦跳的松鼠，看到她终于在非她莫属的那棵橡树的树枝上停了下来。

"发生什么事啦？"格丽问。

"又有麻烦要降临了！"佩莉声音激动，"我刚得到消息，这附近出现了一只小狐狸。"

"小狐狸！野兔知道吗？"

"我见到他就会马上告诉他这坏消息的。对我来说，貂鼠才是更大的麻烦。"

"怎么，还有一只貂鼠？"

"是啊，他好大的个头儿啊！我真不明白，世界上干吗要有貂鼠啊！"

"我刚才也在琢磨世界上为什么要有'人'。"

"唉，格丽，'人'有时会打貂鼠呢。说真的，细想起来，我对'人'其实没啥好抱怨的。"

"我倒是从来没朝这方面想过。"格丽困惑了，"仔细一想，的确，我们之中没几个真的需要害怕'人'呀。"

"相比起来，貂鼠真是百无一用。"

"我和基诺现在都大了，应该无须再害怕狐狸和貂鼠，我想。"

"你很走运。"佩莉抱怨道，"我要是跟你们两个头儿一样大，可要好好教训他一番——我向你保证。"

"拉娜或博索大概不在附近吧？"基诺故作随意地问。

"博索？他不在。不过刚才拉娜还在这附近转悠呢。我看到她了。"

"谢谢你。"基诺刚要转身走开，佩莉叫住了他。

"基诺，听着，"佩莉匆忙地说，"我知道这不关我的事，可假如你是看在拉娜的面子上才让着博索的话，可真没必要。孩子，我活得比你久。就算你让博索吃个亏，他也不会生气很久的。"

"可我爸爸说，"基诺反驳道，"我应该和博索和好。"

"这一点我也有话说。像博索这样的家伙，你得先和他干上一仗，他才会回心转意、愿意和好的。这话听起来奇怪，可你再长大一点就会明白了。光靠你一方维持和平是不行的。不打不相识，得先打一仗，然后再重归于好。"

"这样啊。"基诺说，"谢谢你的建议。我觉得自己能把握好。"

这时，接骨木树丛后传来窸窸窣窣的声音，一头年轻的雄鹿朝他们跑来。他年纪比基诺大些，但尚未完全成年。他的名字叫阿蒂，是基诺独自在林中漫游时认识的。

"嗨，基诺！"他说，"很高兴见到你。"

格丽之前特意走开，好让基诺和佩莉单独谈话，她抬头打望基诺。阿蒂立刻注意到她。

"那是谁？"阿蒂问。

"我妹妹，她叫格丽。"基诺唤道，"格丽，过来认识一下我的朋友阿蒂吧。"

格丽走过来，和阿蒂打招呼。

"你长得真可爱，格丽。"阿蒂含混不清地说，眼睛闪着光。

"真的吗？"格丽冷淡地回答，"谢谢你这么想。"

阿蒂一点也不害羞。

"必须这么想啊！"他说。

"你跟我哥哥很熟吗？"格丽问道。基诺介绍完之后就走开了，似乎在前头寻找什么东西。

"我们见过好几次，是好朋友。"

"那也许你能告诉我，"格丽迟疑了一下，"你对他避开博索这事怎么看？"

"哎呀，那件事呀！"阿蒂语气夸张，"一头雄鹿可不愿攻击他心爱女孩的兄弟。"

"你的意思是，基诺爱拉娜！可他还太小了！"

"再小也会爱的。"阿蒂说。

"可他真的恋爱了吗？"

"我也不清楚。不过看上去很有可能。"

"哦，"格丽说，"那不就是拉娜吗？基诺正跟她在一起呢。"

阿蒂转过头，看到基诺和拉娜正聊得热火朝天。

"嗯，"基诺的语调突然一变，"我想，就这样了！"

"怎么样？"

"假如博索现在出现，他可要吃苦头！"

拉娜和基诺走到树荫下。格丽和阿蒂跟了上去。

斑比突然出现，拦住了格丽和阿蒂。

"爸爸！"格丽刚开口，斑比就示意她别出声。

"别说话，"斑比说，"我想看看会发生什么事。"

"你已经知道了？"

"当然。"

斑比转身，消失在灌木丛中。格丽和变得庄重多了的阿蒂继续朝基诺的方向走去。

他们在一片空地上找到了基诺和拉娜。听到脚步声，拉娜抬起头来。

"啊，格丽！"拉娜喊道，"见到你真是太高兴了！"

"我也很高兴。"格丽真诚地回答。

"我正准备走。也许你愿意和我一起散散步？"

"我很愿意。"

"我可以陪着你们俩。"阿蒂建议。

这时，佩莉的声音突然在头顶响起，把他们吓了一跳。"我一路跟过来的，"她说，"给你们放哨。博索正往这边来。"

"啊，天哪，也许你应该留在这儿，格丽。"拉娜说。

“不需要。你们走，都走。”基诺命令道。

阿蒂的眼睛亮了。

“快走吧。”他把格丽和拉娜都领开了。

基诺很远就听到了博索莽撞的脚步声。博索急匆匆闯入空地，尽力表现出恶狠狠。

“你刚才和我妹妹说话了？”博索质问道。

“是的，是跟她说话了。”

“我不允许，你听到没？我不许你跟她说话。”

“我想这跟你没有关系。”

“哦嗬，没关系？你还是快点做好准备逃跑吧。我怎么说，你就得怎么做。不然，我可要给你点颜色瞧瞧！”

“我倒想看看是什么颜色。”

一听这话，博索毫不犹豫地朝基诺冲了过去。基诺等到他离得很近了，突然朝旁边轻轻一让。博索刹不住脚，冲力使他笔直地摔进一簇长着茂密尖刺的灌木丛。博索爬起来时简直气炸了。

“你还是不敢正面跟我打架！你以为这是什么，跳舞吗？”

“我倒觉得这是土拨鼠在打洞呢。不过，土拨鼠应该不会傻到去荆棘丛里打洞的。”

“哼！你自以为很聪明，是吧？小心点！”

博索又冲了过来，但这次基诺没有闪躲。他如同岩石般稳固地扎在原地，四腿叉开，犹如拱顶的四根柱子。博索撞到他身上，弹开了，犹如一颗板栗掉落时在地面弹开。

"你这样做，头会很疼的。"基诺小声说。

"我要狠狠揍你！"博索狂怒地吼道，"我要把你撕成碎片！"

博索向前冲，又打转，然后再次加速往前跑。基诺平静地面对博索一轮又一轮的进攻。他们头抵着头，就像驼鹿国王们的战斗一样，只是博索和基诺还没长出尖锐的大角，因此还不至于重伤彼此。

博索甩开基诺，后退几步，又冲了过来。这一次，基诺迎头还击。他们狠狠地撞在了一起。博索被撞晕了，站也站不稳。基诺抓住时机，朝博索侧翼发力。博索退了几步，基诺再次向前冲。博索差点儿被撞飞，朝侧面摔倒，仰面朝天。

基诺站定了。

一时间，四下里静悄悄的，只听见两个斗士喘着粗气。随后，博索头昏脑涨，挣扎着站了起来。

"博索，"基诺说，"我们的架打完了，还是做朋友吧。"

博索不回答。

基诺继续说："我们对你的确很不公平，对不起！我们就不能重归于好吗？"

重塑和平的时机来临，然而博索并未抓住。他垂着头，跌跌撞撞闷头走了。

阿蒂、格丽和拉娜从灌木丛中出来。

"我不是说要你们走，不要看的吗？"基诺责备他们。

"这一仗打得真是精彩！"阿蒂说。

拉娜浑身发抖。

"你不该看的。"基诺平静地说，"拉娜，对不起。"

"离我远点！"拉娜叫道，"阿蒂，请你立刻带我回去，谢谢。"

格丽轻轻地用鼻子触了触哥哥。

"别担心，基诺。"她说，"我相信都会没事的。"

"我希望没人看到我们打架。"基诺嘀咕着，"我不想大家对这事说三道四。"

"森林里处处是眼睛，你知道的。"格丽说，"这样的事没法成为秘密。"

基诺跟着妹妹，缓缓走回空地。

第二十九章

基诺和格丽还没到家，法琳已经听说了基诺的冒险行为。斑比特地回来告诉她的。法琳和斑比都为基诺的英勇欢欣鼓舞。

"我为儿子高兴，不只因为他打了这一仗，"斑比沉吟道，"而是因为他之前隐忍了那么久，一直努力遵从我的所有教诲，也一直努力向博索表示友好。"

"他当然会这么做。"法琳同意斑比的话，无声地笑了。她觉得基诺之所以如此克制，背后的部分原因连机智的斑比也猜不到。不过，她只是心里想想，并未出声。

"只有一点令我失望。"斑比坦白道，"我以为基诺和博索打完这一架，就会重归于好。可现在看来，现实似乎跟我的期望背道而驰。"

"都会没事的，我相信。"法琳低声说——恰好跟格丽在森林另一端所说的话一模一样。

"最伤心的是拉娜。"

"她会想开的。"

"我觉得你说得对。"

斑比一边沉思，一边在树干上蹭着角。

"我该走了，不过很快会再来找你。"

"我翘首以待。"法琳向他保证。

她看着斑比灵敏而迅速地在树木间穿梭而去，心头好轻松。

内罗和曼博也从野兔那里得到了消息。

"佩莉告诉我的，"野兔解释，"保佑我的灵魂和胡子，基诺这一仗赢得漂亮。你们知道的，本人反对暴力。不过，基诺还真是把博索打得一败涂地。"

野兔攥起前爪，挥舞着拳头。

曼博傻笑着。

"你以前肯——肯定也是个男子汉。"

野兔一惊。

"我？天哪，我可从来不是什么男子汉！说到赛跑，那我的确遥遥领先。告诉你们，我年轻时可是个飞毛腿呢。我还跟乌龟赛过跑，那次比赛名扬天下哦。"

"可是你输了呀。"

"的确，我是没赢……"野兔突然中止对往事的回忆，"哎哟，我的天！"他颤抖着说，"我都快把那只狐狸的事给忘了，佩莉还特地来告诉我这个坏消息。你们瞧，真是

231

不能分神哪。不好意思，我还是先躲起来为妙。我很高兴见到你们。"

曼博和内罗转身要走。

"记得告诉基诺，我真心祝贺他。"野兔朝他们喊道。可曼博和内罗刚回头答应，野兔就已消失不见。

实话说，基诺都快被各路祝贺给淹没啦。为躲避林中各路人马的纷纷祝贺与不断追问，他不愿再讲述自己的辉煌战绩。基诺又开始独自在林中漫步。

散步途中，他时常感觉口渴。

有一天，他走得比平时更远，走到了当时为躲避狼狗而逃去的地方。口渴难耐，基诺直怪自己之前没在柳树生长的池塘边痛饮一番。这时，他走到了那条小河边——冬天那次，这条河几乎完全封冻，只剩一股细流涓涓流淌。

而现在，河流欢快地奔腾，浪花拍击着覆满青苔的岩石，从暗礁上冲击而下，形成一道小小的瀑布，最后铺展开来，化作平静的池塘。高高的蕨类植物在河面投下阴影。

一只苍鹭站在水里，用一条细长的腿平衡着整个身子。他漫不经心，时不时伸出长喙，捕捉倒霉的青蛙。

"啊！苍鹭先生，"基诺说，"你已经离开草地那边的池塘了，我还不知道呢。"

"我没有。"苍鹭硬邦邦地回答，不容置疑。

"呃，我的意思是——"基诺不愿跟他唱反调，"你现在很少去那里了，对吗？"

"我来这儿不过是图个新鲜，随便哪个家伙都能看出来。"苍鹭毫不客气。

基诺觉得苍鹭真是粗鲁。他环顾四周，几只成年鸭子正在教一队小鸭游泳，呱呱直叫，摇摆着尖尖的屁股。

"呱呱，呱——呱，呱、呱、呱、呱！"一只鸭妈妈不耐烦地叫道。

小鸭子们排成一行，迫不及待地游着。唯有一只落了单，紧张地朝着相反的方向划去。

"呱！呱！"这只小鸭子的妈妈训斥道。

小鸭子一个急转弯，差点儿翻倒在水里，抗议似的追赶着同伴们。

"咿呀！"他叫着，"咿呀！"

鸭妈妈摇摆着屁股，啄了几下子。

"呱！呱！"她突兀地叫着。

小鸭子们急急忙忙往岸上游，纷纷躲到隐蔽的地方。

鸭妈妈心不在焉地一头扎到水里，正好从基诺的鼻子底下钻出水面。

"你好。"基诺说。

母鸭满腹狐疑地看着他，黑眼睛圆溜溜。

"干吗？"她不耐烦地说道。

另一只也在忙碌地催促小鸭子躲起来的鸭妈妈远远地喊道："甭浪费时间跟他说话，我们还有好多事情要做。"

"我总得有一分钟自己的时间好不好！"

基诺问道："你有几个孩子？"

"这有什么要紧？"鸭子问。

"还是挺要紧的吧。"基诺说，"知道自己有几个孩子，我觉得应该很要紧。"

"鱼们才应该觉得很要紧。"苍鹭出乎意料地插嘴了。

"鱼？"基诺重复道，很是迷惑。

"当然啦。鸭子越多，鱼就越少。相反也一样。"

"哦，我明白了。"

"不，你不明白。"苍鹭冷漠地评论道，"你得是条鱼才能明白。"

"我想的确是这样。"基诺承认。

"当然是。"苍鹭换了条腿，用长长的喙一下子捞起一只青蛙，吞了下去。

从小鸭子们躲藏的地方突然传来一阵慌乱的"咿呀——咿呀"的尖叫。鸭妈妈猛然转身。

"呱，呱！"她急切地叫道。

小鸭子们纷纷扑通、扑通跳下水去。

"你知道自己差点儿做了什么吗？"一只母鸭边责怪基诺，边赶忙朝小鸭子们游去。

闻到狐狸的气味，基诺才意识到自己刚才差点儿闯祸。他不安地直起了身子。

一只狐狸鬼头鬼脑地钻了出来。他才刚换了第二身毛，尾巴毛还稀稀拉拉的，没有长全。他没理会基诺，只贼兮兮地溜到水边，接近了苍鹭。

"天气真好呀。"狐狸谄媚地说。

"好吗？"苍鹭毫不在意。

看上去，苍鹭似乎根本没把狐狸放在眼里。可当狐狸一跳起来，苍鹭的反应却如闪电般迅速——又尖又长的喙就像一支长矛，重重地啄在狐狸身上。

"你差点儿啄到我的眼睛！"狐狸落到地上，语气很是受伤。

"的确，"苍鹭回答，"下次我会小心点。"

这战斗毫不大张旗鼓，让基诺很是诧异。他一直以为打仗之前必须先大吼大叫、跺脚顿地，然而他也能看出，两种打斗尽管风格不同，但同样险象环生。

狐狸再次纵身一跃，苍鹭的尖喙再次恶狠狠地出击——这一次，狐狸疼得大叫。

"我警告过你，这次我会更小心。"苍鹭说。

狐狸不作声，他用仅剩的一只好眼睛瞪着苍鹭。

"咱们走着瞧。"他阴沉地威胁道。

"你只剩一只眼可瞧了。"苍鹭回答。

基诺和苍鹭沉默地望着狐狸退走。鸭妈妈和她们的孩子都从芦苇滩里走出来。

苍鹭开口道："那只狐狸得了教训。"

基诺往回走，思绪万千。生存斗争不断以各种方式表现出来，令他心惊胆战。

"从最小的虫子直到'人'，"基诺心想，"没有谁能安全，没有谁能享受和平。'人'也会害怕什么吗？"

旁边的榛子树上，传来一个声音："你心思很重啊。"那声音说。

基诺朝上一看，发现一只燕雀站在树枝上。他努力鼓着胸脯上的羽毛，好让自己显得更大、更重要几分，可实际上他面黄肌瘦。

"我在努力。"基诺回答。

"来，让我给你看看，你会大吃一惊的。看！"

基诺走近燕雀指给他看的鸟窝。里头坐着一只幼鸟，几乎把小小的窝都给占满了。

"你觉得怎么样？"燕雀满怀自豪地问，"简直太了不起了是吧？"

"还真是让我吃惊！"基诺真心实意地同意。

"我敢打赌，整座森林里找不出第二只这样的燕雀。我敢打赌，哪儿都找不出第二只这样的燕雀！"骄傲的鸟爸爸沿着树枝蹦跳，充满慈爱地望着幼鸟。"我的老天呀，"

他说，"真是个好孩子！看看他的嘴张得有多大，你瞧！"

鸟爸爸说到孩子的嘴时，跟跄了一步，基诺担心他都要掉到那张大嘴里去了。

"稳住！"基诺喊道。

燕雀似乎生气了。

"我好像总有点站不稳。"他烦恼地说，"大概是因为整天忙着给这孩子觅食吧。上有橡树做证，下有接骨木长眼，这孩子的胃口真是大得吓死人！"

燕雀爸爸头上的树叶一阵沙沙响，他的妻子出现了，嘴里叼着半条虫子。

"快走！"她把虫子放到幼鸟嘴里，训斥着丈夫，"别傻站着啦，看什么看，快去捉虫子！"

她站在树枝上休息，看着儿子，爱意满满。鸟爸爸嘟嘟囔囔地飞走了。

"这只小鸟的个头儿比你们加在一起还要大一倍。"基诺对她说。

"就是啊，就是！"

"你们还有过别的孩子吗？"基诺问道。

"哦，有的。我们一共有五个孩子，不过其他孩子都得病死了，就剩他了。我也不知为什么。"

鸟妈妈看起来很伤心，可很快又振作起来。

"唉！"她说，"不过这孩子的个头儿，顶上其他四个孩子加在一块儿了。要我说啊，他以后会成为最了不起的燕雀。"

"女士，你看上去精神不太好。"

"真的？大概是天太热了，也可能因为太潮湿吧。"

"我觉得你们为孩子操劳过度了。"

"胡说！为了孩子，怎么可能过度呢？"她喉咙深处还哼唱着一支小曲。

幼鸟的嘴巴又张大了，发出愤怒的抱怨声。

"好啦，好啦！"鸟妈妈说，"你爸爸很快就回来了，然后我就出去找吃的。"

鸟爸爸飞了回来，嘴里衔着一条肥虫。

"这么油腻，他的小肚子会疼的。"鸟妈妈训斥丈夫，"天哪，你就没一点脑子吗？"

"没有——不，我的意思是我有脑子，亲爱的！"鸟爸爸望着肥虫消失在幼鸟的大嘴里，"他的肚子会疼？我觉得喂他马蜂都没问题！"

"你们两个自己不吃东西吗？"基诺问。

"哦，偶尔也吃的。我们太忙了，没工夫想这些。"鸟妈妈望了孩子一眼，又飞去觅食了。

"那你们也要保重呀。"临走前，基诺善意地提醒鸟爸爸，"你们自己的健康也很重要。"

基诺没走多远便遇见了阿蒂，和他聊到了神奇的"小燕雀"。

"嗨！"阿特笑道，"那才不是燕雀呢！那是杜鹃鸟。"

"杜鹃鸟？"

"当然啦。"

"那他怎么会到了燕雀的巢里？"

"趁燕雀一不留神，母杜鹃就把蛋偷偷放在那儿了呗。母杜鹃一到春天就到处在别的鸟巢里下蛋，人家没起疑心，把蛋孵了出来，母杜鹃还省了养大幼鸟的麻烦。"

"这也太可怕了！"基诺赶紧停下脚步，"我现在就回去，告诉燕雀们这是怎么回事。"

阿蒂拦住他。"这样做不会带来任何好处。"他语气严肃，告诫基诺，"他们不会相信你的话，还会很伤心。等小杜鹃离巢了，他们很快就会把这事给忘掉。"

基诺本想继续争辩，但一声枪响，让他一惊。

"是猎枪！"基诺发出悲声，"天啊，安宁的日子又到头了吗？"

"猎枪怎么这么早就出现了？"阿蒂口齿含混不清，受到的惊吓让他不敢像平时那样大声说话。

一连串的枪声在远方响起。

"唉，这是猎枪在响，没错。"阿蒂心灰意冷地下了结论，"我们回家得小心了。"

他们隐蔽起来。远处不时传来猎枪的声音。

第三十章

佩莉急急忙忙从栖身的树上跑下来，迎向在空地上聚集起来的鹿群。因为愤怒，她身上的毛全竖了起来。

"我这辈子还从来没有过呢，"她喘着粗气说，"自打出生以来，还从来没有过……"

"出什么事了？"内罗问。

"是猎枪！"佩莉惊恐交加，话都快说不出来了，"我——我——我差点儿被打中！"

"你？"格丽惊呼，"怎么会？你不是说过……"

"我知道，我知道！"佩莉打断她，"我错了，就这样。我告诉你，这世界真不知还会怎么样呢。你总有些信仰，总、总有些基本原则要坚持的吧，结果呢——砰！一切都被打得稀巴烂。"

"我死之后，哪管洪水滔天。"长耳枭嘀咕着。

佩莉猛然转过身，面对长耳枭，质问道："你说什么？"

"没什么。我不过在评论天气而已。猎枪还攻击了谁？希望没有别的枭吧。"

"还有几只鸽子和喜鹊。"

"真要命！"法琳低声说。

一只啄木鸟落下来，加入讨论。她发疯般大笑道："向我开火了！能想象吗？向我开火！我！"

"可你没被击中呀？"

"没有！但这不是重点。罪恶令人发指，真是令人发指！"

动物们纷纷议论这场闪电战。格丽想起，很久前，角枭曾这样说过猎枪："我仔细观察过，有时猎枪虽然打响了，可并没发生什么死伤！"

林中动物的叽叽喳喳平息了。斑比走过来，他平静地跟大家打招呼。

"你们在讨论的事，我已经听说了。"斑比道。

"你有什么消息吗？"佩莉问。

"嗯。小动物和鸟们必须格外当心。这个杀手是个年轻的'人'。他腿上覆盖的'皮肤'比较短，脸上也没有毛，所以年纪不大。我想，他正在学习如何猎杀。他的枪也很小，最多也就能伤害臭鼬吧。事实是他在森林边上打死了一只臭鼬。眼下，他手中的枪还不能准确瞄准。大家小心的话，应该不会受伤。"

格丽心想："角枭说得对，'人'的确能让枪朝特定方向打响。"

斑比接着说："褐衣'人'正在指导那个年轻的'人'。不过褐衣'人'没参与进攻，那个年轻的'人'经常随心所欲。"

斑比说得很对。一个十来岁的男孩正在学习如何使用猎枪。他热衷打猎，看到什么都开枪。凭借新手的运气，他先是打死了那只臭鼬，又瞧见貂鼠，把它打成重伤，貂鼠也死了。

守林人向自己的学生表示祝贺。

"打死了貂鼠，很多松鸡能活得久些了。"他说。

然而，他决定要阻止这孩子继续滥杀下去。

男孩的爸爸是这个地区的大人物，他请守林人指导孩子打猎。守林人碍于情面，不好拒绝。但在这个时节，本不该打扰林中鹿群的生活。

"你玩也玩够啦，"守林人对男孩说，"再耐心等上几个星期，就能正经狩猎了，眼下时候还没到。"

男孩虽不情愿，也只好让步。

林中，和平再度降临。

然而，这只是风暴来临前的平静。

狐狸吃了苍鹭的大亏，回到巢穴休养。过了很久，眼伤仍未痊愈。

因为不方便打猎、缺少食物，狐狸日渐消瘦。他反复思量自己的处境，肚子饿、眼睛疼，本来就怪异的脾气变得越发残暴。他仇恨一切生灵，心中燃烧着杀戮的渴望。

眼伤终于康复后，"一只眼"狐狸成了远近闻名的恐怖化身。

"一只眼"四处游荡。他不肯仅仅守在河流附近，鹿的栖息地更是他打猎的沃土。

无论走到何处，他身后都散落着一堆堆牺牲品的尸骨——这些可怜的小动物最后挣扎的痕迹还清晰地刻在大地上。

"一只眼"长大了，也越发强壮了。他的皮毛颜色变深，油光发亮，尾巴也长得又粗又长。

他臭名远扬，大家都怕他——除了鹿群和苍鹭。

"一只眼"从未忘记苍鹭。仇恨填满他的胸膛，而这颗仇恨的种子，正是他对苍鹭的记忆。

他对苍鹭的仇恨也蔓延到了所有鸟身上。也许正是同样的原因，"一只眼"也成了所有鸟的眼中钉。

守林人找到一具又一具的尸骨，有些被啃得一干二净，有些则还是血肉模糊的一团，只为满足凶手的嗜血爱好。守林人不动声色地追踪着这尸骨铺就的道路。道路一直把他引到森林之外的远方，穿过空旷的原野和旁边有葱绿柳树生长的池塘，蹚过晶莹流淌的溪流，这里又发现一堆野鸭的羽毛，最后道路隐入幽深而茂密的树丛之中。

海克托耐心地跟在守林人后头。守林人背着猎枪和一把铁锹。在深深的灌木丛中，守林人发现了"一只眼"的老巢，原来只是一个窄小的洞穴，四周被蔓延生长的植物深深遮挡，隐蔽得很好。

守林人手脚飞快地收集了许多零散树枝，填塞进狐狸洞的入口。他想了想，然后填满并点燃了自己的烟斗，再用同一根火柴点着了那堆树枝。

一炷烟腾空而起，火苗欢快地噼啪作响。可洞穴里大概有弯道，烟和火都烧不进去。

守林人等待火苗熄灭，抄起铁锹，奋力挖着砂质的土地。海克托端坐一旁，热切地注视着主人的举动。

然而，守林人白忙活了半天。"一只眼"的巢穴被他彻底刨开，暴露在光天白日之下。里头藏着一条狭窄的迂回通道——"一只眼"既有进洞的路，也有出洞的道。

守林人骂了几句，但没动怒。他在狐狸可能出没的地方设了几个陷阱，又掉头搜寻狐狸的踪迹。

然而，"一只眼"继续把猎杀的野兔和松鸡残骸留在陷阱旁，似乎在嘲笑守林人。狐狸自然没重返被毁掉的巢穴，尽管那曾是他的家园。"一只眼"四处流浪，找到合适的地方倒头就睡。大路小道、树丛洞穴，没有他不知道的地方，连斑比藏身的山洞也不例外。

一天清晨，日出时分，"一只眼"正往斑比的山洞走，路过了法琳和孩子们睡觉的空地。他们都不在，而榛子树丛旁，松鼠佩莉正在搜寻着能当早餐的食物。"一只眼"立刻匍匐在地，悄悄朝毫无戒备的佩莉靠近。

佩莉轻快得就像一只随风飞扬的小绒球，在"一只眼"的前头蹦蹦跳跳，不时向前冲几步，又张着圆溜溜的眼睛专心地在草丛里翻找。"一只眼"加快了速度。只需再大跳两步，佩莉就逃不掉了。只要狐狸流着口水的大嘴用力一合，林子里就又会多出一具腐烂的尸骨。

一道沉静的声音响起，语调轻松，仿佛只是在说笑话："佩莉，快跑！'一只眼'跟在你后头呢！"

"一只眼"惊异地转过身来。佩莉匆匆跳开，逃过一劫。

"原来'一只眼'就是你啊。"斑比道。

狐狸与鹿王怒目相向。斑比昂着头，对一名撕咬猎物喉咙的杀手来说，这正是进攻良机，但"一只眼"不敢轻举妄动。

"原来斑比就是你啊。"狐狸应答。

"你听说过我？"斑比故作惊讶，"你难道还有空跟猎物聊天？难道不怕哪一天突然有只野兔向你还击？"

"一只眼"不作声，他精明的头脑正在掂量自己有几成胜算，攻击一只这么大体格的动物是否有得手的可能。斑比洞察到他的心思。

"别犹豫，来吧，跳起来！苍鹭的头上可没有大角！"

"别乱开玩笑啦。"狐狸油滑地说，"我做梦也不敢向你发起进攻呀。"

"我想，唯独这一次，你说的是真话。比起野兔，我怎么也要大上一点，防卫也要好上一点。我还要再邀请你一次。等我在的时候，你来我的洞里吧。相信我，我会好好招待你，让你永生难忘。"

"去你的洞里？"狐狸一副诧异不已的表情。

"对。挑一个我在的时候。"

"亲爱的斑比呀，""一只眼"说，"谢谢你这么友善，可我发誓，我根本不知道你的洞在哪儿。"

"这就奇怪了。"斑比道，"我的洞里偶尔倒有你的味道。"

"肯定是别的狐狸。"

"不，就是你。知道吗，你的味道很特别。"

"一只眼"转着鬼脑筋："哎呀，别是那山边上，有棵死树遮盖着的洞吧。"

"呵，看来我们达成共识了。"

"我当时完全不知情嘛……"

"那时你当然不知情，可现在你知道了。我会等着你来，假如你还能活到那一天。"

"假如我还能活到那一天！"狐狸假装吃惊，"你说话还真不客气。"

"你应该记住，"斑比严厉地说，"狐狸一族命都不长。你要面对的敌人比我更聪明，比苍鹭更敏捷。"

"谁啊？""一只眼"小声嘀咕。

"守林人。"

狐狸捧腹大笑："原来是他啊，我还真担心了那么一阵子。你就别操心了。事实证明，他根本不是我的对手。"

"骄兵必败。"又一个声音插进来。

斑比仰头一看，说："你说得对，长耳枭。很多动物都尝试过跟人类决斗，结果他们都完了。"

说完这话，斑比纵身跃进树丛。"一只眼"驻足聆听，颇费心思，脸上的冷嘲热讽消失得无影无踪。

第三十一章

金色夏日飞快来临。清晨，山谷中的朝露一日重过一日。傍晚，西方天际，落日余晖越发绚丽。

懒洋洋的正午时分，空气中飘荡着浓郁的甜美香气。绿篱上点缀着淡粉色的蔷薇，猫爪花在栅栏上盛放。每当阳光穿透森林，就能看到蚊子成群飞舞，听到睡意沉沉的苍蝇发出低沉的嗡嗡嗡。

"是时候了。"斑比说，"从现在开始，我们应该白天睡觉。夜幕降临时，再踏上林中小路。时刻都要小心。很快，猎枪又要开始搞破坏了。"斑比转头看着基诺问，"听明白了吧，儿子？"

基诺点点头。他很清楚父亲问话的意义——这个简简单单的问题，表示父亲要求自己对全家的安全担起责任来。的确如此。

法琳不再充当一家之主。现在，基诺每天晚上领着家人在林中漫步，清晨时分再带他们回家。

基诺一丝不苟。灌木丛里再细小的响动，他也听得到；空气中再轻微的气味，他也闻得到、辨得出。

不久，斑比的预言成为现实——猎枪再度响彻森林。

鹿群刚刚躺下，准备睡觉。天边泛着珍珠白，晨雾浓浓，重压地面，连朝阳的光芒也尽被打湿。黑鹂仅清了清嗓子，不再唱歌。

内罗和曼博闭上眼睛，基诺和格丽压低嗓门在聊天，法琳则思绪万千。

"我们最近没怎么看到'一只眼'。"格丽说。

"自从他见到爸爸后，就不大露面了。"

"是啊。"尽管天并不冷，可格丽还是打了个寒噤，说，"真希望不用再为狐狸担惊受怕。"

"不用怕他，你比当初守林人搭救你的时候，已经长大了好多。"

"我也这么安慰自己。我想，我大概跟妈妈看到驼鹿国王们时的心情一样，明知'一只眼'伤害不到我，可还是发怵。"

"听！"基诺命令道。

猎枪沉闷地响起——一声、两声。

佩莉飞快地穿过树间。无论大雾弥漫，还是晴朗好天，太阳一出来，她就立刻开始忙忙碌碌。

"是你们一族的。"佩莉气喘吁吁地带来消息，"一头年轻的雄鹿被打死了。"

基诺和格丽顿时沉默了，为同类的不幸而哀伤。

这种消息总让内罗和曼博惊醒。

"枪声往我们的方向过来了？"他们焦急地问。

"应该没有。"佩莉的嘴一直紧张地翕动着，"自从我自己差点儿被猎枪打中，就特别能体会你们必须忍受的煎熬。"

"那就拜托你帮我们站好岗了。"基诺机灵地说。

佩莉恼了。

"我站岗从来都很负责。"她说。

"当然啦，"格丽连忙安抚她，"整个森林里没有比你更负责、眼力更好的啦。"

"只有给自己站岗时不那么小心。"内罗嘲笑道。

"别——别回头，'一只眼'就在你尾巴后头。"曼博开着玩笑。

佩莉唰地转身。"在这儿？这么高的地方？"她尖叫道，"难道这只狐狸会爬树？"

鹿们都暗暗发笑，最后连佩莉也笑了。

"你们该害臊才是，怎么能捉弄长辈呢！"佩莉说，"不过说到放哨，基诺，你不用担心。我肯定尽力。"

过了几个钟头，太阳几乎已直射头顶，阿蒂来了。

"嘿，"他喜洋洋地说，"都在睡觉，就格丽你醒着呀。

这些个懒骨头！"他在格丽身边趴下，伸了个懒腰。"你怎么醒着？在想什么呢？"

格丽不自在地移了移身子。

"没什么。"她的声音小得听不见。

阿蒂的眼睛睁得溜圆："是不是在想我呀？"

格丽犀利地回答："当然没有。为什么要想你？"

"不知道呀。"阿蒂傻笑着，"想想我也挺好的嘛。"

基诺醒了，生气地打断了他："你呀，先担心你自己吧。大白天的，现在还有猎枪的威胁，居然还在外头跑来跑去。"

"嘿，你这一身灰毛的唠叨鬼！你不知道我相信命运吗？"

"要我说啊，你这样下去，没准儿命运会很惨哟！"

阿蒂不安分的眼睛亮闪闪地发光，他比基诺他们都高大，头上的角也更成熟。他趴在地上，高昂着头，十分英俊。

"我的日子还远远没到头。"他宣布，"我死的时候，肯定是头四腿僵硬的老鹿，十四个孩子环绕在我身边。"

"闭嘴吧，让我睡觉行不行！"曼博命令道。

"你哇哇叫起来比乌鸦还刺耳。"阿蒂说，"太阳暖洋洋地照在草地上，池塘像爱人的眼睛一样闪光，你却躺在这儿浪费时间，不知道自己错过了多少好时光！"

"哟，听听这满嘴诗意！"内罗吼道。

法琳也开口了："基诺说得有理。阿蒂，你的确要当心安全问题。"

"就是！"基诺盯着阿蒂说，"你答应我，不会再糊里糊涂，白天到处乱跑了。"

"这个时节的月亮和太阳一样美。"格丽低声说。

阿蒂望着她："也许你是对的。也许我会接受你的邀请，和你共赏月光。"

"我可没发出什么邀请。"格丽冷淡地回答。

"我有个预感……"喜鹊突然从一棵榛子树上发声了。

"什么预感？"阿蒂连忙问。

喜鹊望向阿蒂，但眼神空洞，脖子上一圈有斑点的羽毛都竖了起来。

"我看到一场死亡，"她叽叽喳喳地说，"我看到一头很帅的鹿无助地倒在地上。他的名字叫……"

"别说他的名字，"阿蒂咧嘴笑着，"要是遇见个邻居，明知道他就要变成鬼魂，这可太不舒服了！"

"你太玩世不恭了。"喜鹊责备他。

"玩世不恭吗？我才不呢！我只是直面现实而已。"他深深地看了格丽一眼，"格丽，要是你邀请我陪你看月亮，我肯定来。不过，现在我得先去活动活动腿脚。"

阿蒂站起来，光滑的皮下，肌肉收紧。

"朋友们，再见了。"他说，"睡个安稳觉，做个好梦——"他一直望着格丽，"梦到我哟。"

格丽感到耳后有好奇的目光，妈妈正盯着自己。妈妈深谙自己的心事，看得格丽好不自在，便装作立刻熟睡过去。然而这和平的时刻很快就被粗暴地打断了——猎枪再次响起，这一次离得很近。子弹穿过树林，树叶瑟瑟直响，仿佛一只愤怒的马蜂。

"阿蒂！"格丽在心中痛苦地呐喊，"阿蒂！"

然而被猎枪击中的并非阿蒂，是博索。

第三十二章

自从输给基诺后，博索一直独来独往，不跟其他同龄的鹿来往。他离群索居，活得像个隐士，故意颠倒作息时间，躲避着同伴们常走的路。同伴们在小路上漫步，前往嫩草茂盛的草地、盐碱地或清凉的池塘时，他睡觉；同伴们睡觉的时候，他在外面四处游荡。博索的脾性大改，喜怒无常，但孤独并未使他变得怨气冲天。

白天里，其他鹿都在休息，博索却出来觅食。那个跟守林人学打猎的男孩，在灌木丛中瞥见了博索的身影。

男孩穿一身崭新的绿色猎装，背着一把轻便的连发枪。他一门心思想猎到人生中的第一头鹿。

看见了博索，他激动难抑。是的，这头鹿的角还小，一看就知道年纪不大，但男孩并不在意。眼下这个时刻，最要紧的是先打死一头鹿再说。

虽已破晓，但晨雾迷蒙。这会是一场漫长而困难的追猎。男孩顺着下风，悄悄地埋伏在猎物后头。

他小心地在树丛间穿行，但毕竟是个新手，脚步没那么轻，偶尔会踩断一根小树枝。

博索胆战心惊。感到危机四伏，他挪动着脚步，起初因为无法确定危险潜藏在何方，步子很慢。片刻之后，就飞步奔逃，急欲脱险。

男孩立刻趴下，因为担心失望，他的神经也绷得很紧。慌乱中，他无心仔细瞄准，端起枪就放。子弹如同一条令人胆寒的射线，直冲博索而去。枪声让博索方寸大乱，撒腿就跑。胸脯上火烧火燎地疼，他惊惧万分，直喘粗气，向着朝阳狂奔而去。

时刻警惕着的斑比唰地站起来。如同一道飞闪的阴影，他穿过森林，迅捷而悄无声息。在一片松树之间，他从侧面迎上了慌不择路的博索。年轻的雄鹿又怕又疼，脚步已经不稳。

"走这边。"斑比命令道，"跟着我！"

博索麻木地跟上。血顺着胸膛流下，星星点点，在地上勾画出红色的踪迹。他想要躺下，想要休息，想要独自静默地颤抖———一如所有受伤后的鹿。斑比不允许他这样做——他很清楚血迹会带来风险。

"快走，"斑比催促道，"我们必须给你止血，不然'人'一定会追踪而来。"

他们走到了一小片空地上，晶莹的小溪在此聚拢，滋润着一丛草药。斑比从里头挑了一株。

"吃这个。"他命令道。

博索咬了一大口，又啪地吐了出来。

"太难吃了。"他呻吟着，"让我躺躺吧。"

"不行！"斑比咆哮道，"你不过受了点皮外伤。我以为你很勇敢呢——你不是个了不起的斗士吗？要是被灌木划伤了，你会轻言放弃吗？"一缕笑意浮现在斑比脸上，他想起了博索当时倒在荆棘丛中，像只兔子般拼命乱刨才爬起来的样子。"来吧，吃下去，多吃点。这种草药能止血。"

"我被猎枪击中了！"博索哀号道。

"但你还活着！还能给大家讲讲你的经历！孩子，你很走运。你有运气，但没头脑——大白天居然在外头乱晃。"

博索不情愿地吃下了灰绿色的草。

"好了，"斑比说，"这样就好。"

斑比要博索走在自己的前头，他则跟在后面，仔细查看博索的足迹。地面上不再有血点，他叫住了博索。

"现在，你跟我走。"斑比命令道。

斑比领着博索，迂回穿过森林。博索发现，他们正往母亲栖息的地方前进。很快就到了。罗拉和拉娜正并排卧着，但罗拉并未睡着。

"还不快过去！"斑比厉声呵斥，"赶紧向你妈妈道歉，你让她担心死了！以后做事不许再像个没头脑的愣头青，要长点心眼儿！"

博索结结巴巴，试图向斑比表示谢意，斑比打断了他。

"再见。"斑比只说，"我还有别的事要操心。"

斑比自然不可能知道，他救了博索，却牺牲了阿蒂。斑比怎么可能了解那绿衣男孩的个性呢？斑比面对的是生死攸关、爱恨交织的大事。他无法想象，一个被宠坏了的、凡事都要顺心遂意的年轻人在遭遇挫败之后，心中会腾起可鄙的仇恨。

博索逃脱之后，男孩又回到林中。每天早晨，他都鬼鬼祟祟地在树木间穿行，背上的轻型猎枪里装满了子弹和怨气。这样来来去去好几天，却一头鹿都没看到。对臭鼬和松鼠，他毫无兴趣，一心只扑在鹿身上。

格丽并未邀请阿蒂与自己在月光下相会，而阿蒂的行为一切照旧。他肆无忌惮地在林中游荡，柔顺的皮毛享受着阳光的抚摸，无忧无虑地大嚼成熟的青草。

松鸦和喜鹊责备他太过大意，可阿蒂反过来讥笑他们。

"告诉你们，我神气的时候还没到呢。"他笑道，"我会有十四个孩子。"

佩莉严肃地警告他："森林里现在不安宁，我看到有'人'出没。阿蒂，勇敢是好事，但莽撞总会遭报应。"

"你说起这些陈词滥调的时候，简直比长耳枭还夸张。"阿蒂大声说，"我嘛，一辈子还长呢，开心日子多了去了！"

就在此时，死神向他咧嘴狞笑。那个男孩充满怨气的双手端起了猎枪，两次扣动扳机。

阿蒂的笑容顿时僵住，他紧实的肌肉绷紧，一跃而起。他跳了六大步，藏了起来，然后死了。

佩莉听到他最后的话："格丽，请你……"

兴高采烈的男孩刚刚现身，守林人便快步跑过来。两人正好在阿蒂仍在抽动的尸首旁相遇。

"这头鹿还不到两岁！"守林人大发雷霆，"你这个小浑蛋！我不是告诉过你，不准打六岁以下的鹿吗？"

男孩自负地笑着："省省你那套说教吧！"他讥诮道，"在这地方，我想怎么干就怎么干。"

守林人握着猎刀，顿了一下。

"嗬，你非要这样吗？"他厉声问。

"当然！你敢反对，就休想保住工作。"

守林人仔细地把猎刀插回刀鞘。

"你要回去向你爸爸告状是吧？"他一字一顿地说。

男孩往后退了几步。

“你给我听着！为了你自己好，就不要管我！”

“不要管你，是吧？”守林人貌似随意地朝男孩走去，“这个嘛，我还真不好说。”

林中清脆地响起啪的一声，男孩的手捂住脸颊，泪水涌上眼眶。

“你打我！”他尖叫道，“你打我！”

“对！”守林人说，“你说得对！现在，你给我回家去，向你爸爸告状吧！你这个……”

话音未落，男孩已转身跑了。

第三十三章

林中空地一片悲戚。佩莉捎来了消息。

"阿蒂，"格丽哀号着，"不，不会是阿蒂！我不信。"

"可惜，是真的。"佩莉难过地说。她几乎喘不过气来。鹿们不知道，佩莉虽本能地想把阿蒂的死讯尽快传开，可又怕伤了基诺和格丽的心，她着了魔一般在树间上蹿下跳多少回，可怎么也拿不定主意到底该不该说。

而此刻，她的两只小前爪不安地轻拍着雪白的胸脯，说："我很严肃地警告过他，可他就是不听。"

"我也警告过他。"喜鹊抱怨道，"天哪，雄性有时真是傻！"

"我很严肃地警告过他。"佩莉重复道，"小伙子真可怜，长得那么帅气。"

"我真该请他跟我一起在月光下散步的！"格丽哽咽了，"天哪，妈妈！"

法琳柔声安慰女儿："你也无法先知先觉呀，不要责怪自己。"

261

"连斑比都无法帮助阿蒂——要知道，是斑比救了博索。"佩莉插嘴道。

"博索！"基诺不由得呼出声来，"博索怎么了？"

"博索受伤了，斑比救了他。我的一个亲戚告诉我的。"佩莉把博索如何遭遇男孩，又如何逃脱的前前后后细细讲了一遍。

老天似乎也为阿蒂遭到的厄运而伤感，气候大变。乌云遮日，忧郁的小雨淅淅沥沥地下了起来，远处传来一两记雷鸣。雨连续不断地下，一天又一天，雨水或在树下汇聚成浑浊的泥塘，或沿着小路流成小溪。

鹿们湿漉漉的很是难受，都躲在栖息的地方不敢出来。只要雨稍一停歇，森林中就会响起猎枪的声音。

这充满威胁的巨响，不断地让鹿们想起惨死的阿蒂。他们总是在议论着阿蒂。

每逢这时，格丽就会痛苦地缩成一团，声音小得几乎像在自言自语："他真可怜，真可怜！他总是乐呵呵的，还那么年轻……"

然后，基诺就会打断她："还有博索呢，博索也受伤了。"

"博索的伤势重不重？你怎么看？"一天晚上，他们刚要往草地方向走，曼博问道。

"谁知道呢？"内罗反问，"他们都说博索成了隐士，

总是独来独往。"

"罗拉和拉娜太可怜了！"法琳叹气。

"要不我们去看看他们？"基诺提议，努力抑制着兴奋。

"那怎么行？"内罗不安地扭动着身体，"要是他们不欢迎我们呢？"

无须继续争论，罗拉自己出人意料地走了过来。

"罗拉！"法琳叫道。

"我实在不愿再和你们这样僵持下去了！"罗拉直来直去，"现在博索的伤好了，之前又发生了那么多的事情，我觉得非来找你不可。请别再生我的气了。假如你还是不理我，我真会伤心而死。"

法琳的心软了下来。

"罗拉，"她唤道，"看到你，我真高兴。没人说话的感觉很难受。你的孩子们呢？"

"博索，"罗拉叫道，"快过来！"

博索怯生生地走近了。他们都清楚地看到他胸膛上的伤疤。格丽跑上前，欢迎他。

"请加入我们吧，博索。"

能看出来，博索浑身不自在。罗拉赶忙说："斑比救了他的命！真是再好不过了，不是吗？博索想感谢斑比，想向你和基诺道歉，对不对，博索？"

"罗拉，"法琳插话，"我们也要向你们道歉。无论斑比做过什么，我相信，只要博索健康地活着，我们能重归于好，就是最好的报偿。"

"拉娜去哪儿了？"基诺大声问。

"我在这儿。"拉娜腼腆地走了过来。

"你原谅我了吗？"基诺低声问。

"当然，是我自己傻。"

"哎哟！"内罗说，"我很久没看到如此的甜蜜和光明了！"他又问，"你说斑比救了你？"

博索扬起头说："是啊，多亏了斑比！我认为，斑比一定是整座森林里有史以来最伟大的鹿王。"

"比起另外一位鹿王，斑比还差了一点。"阴森森的声音响起。

大家都抬头，看到了长耳枭。

"谁、谁比斑比还——还伟大？"曼博一生气就结巴。

"我不知道他叫什么，"长耳枭回答，"但他的传奇故事流传了下来。"

"他做过什么？"基诺问。

"他攻击了'人'，还把'人'撞翻在地。"

"我才不信呢，"基诺固执地宣布，"斑比把格丽从'人'的巢穴里救出来，再没有比这更伟大的成就了。"

"从前有一位王子，和'人'单打独斗，打了胜仗。"

"这肯定是假的吧，妈妈？"基诺仿佛又变成了孩子，请求法琳施以援手。

"的确有过类似的故事，"法琳缓慢地回答，"可谁也不知道那到底是真事，还是一厢情愿的传说。"

"一厢情愿？"拉娜疑惑地重复道。

一下子回到了权威的地位，法琳很是自得。

"是啊，"她解释道，"一厢情愿的意思就是，因为自己坚信不疑，就认为一件事肯定是真的。"

"这样我更能明白。"内罗想了想，说，"总比长耳枭空口无凭就咬定是真的，更为可信。"

"无风不起浪。"长耳枭评论道。他在站立的树枝上刮擦着自己的爪子，蓬起全身的羽毛，显得豪迈十足，"天地之大，无奇不有。"

他故意压低嗓音，声音听起来相当浑厚。大家都沉默了。

"我想我说得对。"他连忙下了结论。

"我可想不明白。"博索抱怨道，他又对基诺说，"我们去草地那边一起玩好吗？咱们上次痛痛快快赛跑是什么时候，我都快不记得了。"

"对，现在天快黑了。"内罗插嘴。

孩子们推推搡搡，嬉闹着往草地边走去。长耳枭在他们头上飞，睁大了眼睛帮他们放哨。

"大家又在一起了，真好！"在队伍的最后头，拉娜小声问格丽，"你喜欢曼博和内罗吗？"

"嗯！他们很友善。"

走在她俩前头的罗拉转头对法琳说："曼博说话结巴，真是可惜。"

法琳语气尖锐："我们不在乎。他结巴，我们还更爱他了呢。"

罗拉责备道："噢，可法琳，说真的，你误解我了……"

拉娜心事重重地说："格丽，我一度嫉妒曼博和内罗。"

"为什么？"

"因为他们取代了我们。跟你们家闹僵了之后，我们可从来没有再找别的朋友。"

"妈妈邀请他们成为我们家的成员，我也很庆幸她这样做了。有他们在，对基诺特别有帮助。"

"是啊，"拉娜真心赞同，"他们真的很好。"

"妈妈，"格丽唤道，"我感觉爸爸就在附近。"

"我都有点不敢见他呢。"博索说。

"你——你不用这样。"曼博要他放心，"斑——斑比心地可好了，他、他什么都懂。"

"斑比好像一眼就能把我看穿。"

"我相信，他的确或多或少知道我们在想什么。"

走到草地旁，大家都不聊天了。一直到曙光初现，他们跑啊，闹啊，尽情享受彼此的陪伴。只有法琳心情不太好。格丽跑过她身边时，她说："格丽，我也觉得你爸爸就在这里。"

法琳和格丽没有错。自从男孩射死阿蒂后，斑比一直十分留心男孩的行踪。只要男孩一进森林，斑比便在他四周守望着，寸步不离，紧随其后。

也许斑比不清楚，眼下必须格外当心——男孩进入森林，一心只想复仇。

被守林人掌掴之后，他跑回家向父亲告状，把原本简单的经过添油加醋地描述了一番。他父亲狠狠地教训了他一顿。

直到今日，男孩仍无法相信——平日那么纵容自己的父亲，这次却差点儿要扬手掌掴他另一侧的脸颊！

愤恨在心中发酵，男孩想到了复仇的途径。必须打死更多的鹿，哪怕才几周大的鹿崽也不能放过，偏要给守林人一点颜色看看！

斑比好几次成功地用智慧战胜了男孩。他派松鸦疾飞而去，给某一头大大咧咧往池塘走的雄鹿捎去紧急消息；或者命令佩莉飞跑，赶去提醒在盐碱地附近游荡的同族们。

男孩无法近距离出击，便把自己的轻型猎枪甩到一边，从父亲那里偷了一把特制的枪——口径小，但威力极大。有此等利器傍身，天刚亮他就潜入森林，一直坚守到夜幕逐渐笼罩树顶。

之前，即便斑比不插手，他的狼子野心也很难实现。雨不停地下，鹿群都躲了起来。

可现在，男孩误打误撞，居然发现了法琳、罗拉和孩子们游玩的草地。天尚未破晓，天气干爽。望见八头鹿无忧无虑地自在玩耍，男孩喜出望外。

机会来了，可以大开杀戒了。

他鬼鬼祟祟地溜到树林边，窥探着鹿群。

斑比走到他背后。

喜鹊和松鼠们睡得正香甜。斑比本以为能拜托长耳枭，但长耳枭尽管凄厉地叫着，离得却很远。斑比无法通知家人，他必须采取行动——不能迟疑。

男孩正趴在自己和草地之间。要是从他面前冲过，不仅自己必死无疑，而且家人也会遭殃。斑比知道，男孩的那支猎枪能在短时间内连发几次。

如果从空地侧面包抄，从另一边进入草地，危险依旧。选择这条路的话，就会暴露自己；更糟的是，有好几分钟都无法继续监视男孩。

而在这几分钟内，什么事情都可能发生。

男孩爬起身，半跪在地上，手伸进肩上的皮背包里，拿出一副夜视望远镜。透过望远镜，他再次观察鹿群——

两头美丽的雌鹿，身边却没有成年雄鹿陪伴。男孩很是失望，直到基诺出现在望远镜中——年纪尚轻，但体格健壮，头上已经冒出小小的新角。

就是基诺了。

男孩悄无声息地单腿跪在地上，稳住身体，放下望远镜，端起猎枪，脸颊紧紧贴在枪上。

就在此时，斑比行动了。

斑比低下头，顶着雄健有力的大角，从藏身之处急冲而来。

犹如弹弓中射出的石块，斑比撞向男孩，大角直戳他的脊背。

树梢之上，前所未有地回荡着人类充满恐惧和痛苦的尖叫。枪响了，但子弹却朝天上飞去。

斑比从对手的身上跳过，消失在阴影之中。草地上的鹿们早已四散逃脱。长耳枭没头没脑地掠过树间，本来就很平的脸差点儿撞到树干上。

他边飞边喊："大英雄就是斑比！斑比攻击人了！"

整座森林都苏醒过来。无论不点小的鹪鹩，还是空中盘旋的乌鸦，从丁点儿大的小耗子，直到"一只眼"，这消息在一片欢腾的议论声中飞快传开。

只有驼鹿国王们无动于衷。

要么他们太庄严肃穆了，根本没听说斑比的壮举；要么他们不屑于谈论；要么他们只是在妒忌——驼鹿家族声名显赫，但关键时刻，完成这项惊人壮举的却并非他们的族群。

长耳枭兴奋过头，疲惫地落在一根树枝上，一次又一次自言自语："我死之后，哪管洪水滔天！"

知更鸟急匆匆，也想名垂青史，飞到男孩趴过的地方。男孩不见了，猎枪还坠落在原地。

知更鸟飞过去，站在了上头。

第三十四章

森林再也没有被那支猎枪的枪声惊扰。男孩输得太可鄙，自己很是难为情，卧病在床了。

幼鸟们满心欢喜，壮着胆子从鸟巢里钻出来，从一根树枝扑腾到另一根树枝，气喘吁吁地叽叽叫着。林中小道上，狐狸"一只眼"悠闲漫步，望着幼鸟们，心里转着鬼主意。他不饿，觉得瘦弱的小鸟追杀起来也没什么意思。然而，他又想，一口咬死几只倒也有些乐趣。

他刚要出手，突然瞥见灌木丛里有一道阴影，便硬生生收住了脚步。

"是斑比吗？"狐狸问。

自从与男孩交手后，斑比很长时间都没有现身。尽管很多动物都在找他，可没谁能成功。

"您都成陌生人啦！""一只眼"咧嘴笑道。

"对于你，我宁愿做个陌路人。"斑比回答。

"当然咯！""一只眼"语气谄媚，"您如今可是名声大噪。森林里到处都在议论您的丰功伟绩。您还赏光跟我讲话，我应该觉得无比荣幸。"

"我并不情愿给你这个荣幸。"斑比对他说，"我当时那么做，是情势所迫。"

"您真有英雄气概。"狐狸油滑地奉承道。

斑比摇摇头："做了情势所迫的事，就是英雄了吗？"他转过身，走远了。

"一只眼"边走边转着脑筋。他口渴了，便往池塘走去。夜幕迅速落下，鸟们都不再歌唱。

法琳还躺在空地上，形单影只。她简直已习惯了孤独。基诺、格丽、内罗和曼博总有要自己做的事，常常不在她身边。她知道幼鸟终有离巢的一天，想到自己的孩子也快要离开了，喟然长叹。

林中居民，都必须面对离别——她正想着，突然听到橡树边的灌木丛中发出一点沙沙声。佩莉猛地转身，尾巴直竖起来，分辨着入侵者。

"是斑比。"松鼠打招呼，"斑比，你好。"

"你好，佩莉。"斑比走到空地当中，"法琳，你一个人啊？"

法琳站起来。"是啊。"她话不多，"我现在常常一个人了。"

"是的，"斑比的语气十分庄重，"时候到了。"

法琳哽咽了："看到他们离去，我会有些难过。"

"我懂。你够不够坚强，能对他们说得出口吗？"

"我……"法琳迟疑了，"非得现在就告诉他们吗？"

"很遗憾，我想是的。还是要等到他们主动提出要离开你的那一天？"斑比的声音中突然多了一份喜悦，"还记得吗，我们俩小时候多么独立！"

"噢，斑比！"法琳发出哀怨，"别拿这个开玩笑！"

"我知道。所以，必须由你来告诉他们，只有一位母亲才能找到恰当的言语。"

"你呢，你也要离开我了吗？"

斑比满怀爱意地用鼻子拱拱她，说："法琳，无须问这个问题，你心里很清楚答案。你已承担了母亲的责任，现在轮到我了。我必须指导孩子们如何在丛林中生存，教给他们森林生活的奥秘。不过，我很快就会回到你的身边。你知道的，法琳。"

法琳的确知道这一点。望着斑比离去的背影，她心中平静了。

池塘边，基诺、拉娜、博索和格丽拘谨地站着，谁也不开口。

"大地今晚很不一样，"拉娜叹道，"月亮明亮得如同希望，风儿也尤其凉爽。"

"草这么绿，这么软，我都不舍得吃。"基诺说。

博索对格丽低语："我永远也不能长得跟阿蒂一样帅，但我会努力取代他……"

"你今晚很谦虚。"格丽温柔地回答。

基诺高高地扬起头，嗅着空气中的味道。

"拉娜说得对。今晚的确和平时不一样。我觉得自己长大了，似乎融入了世界，而世界也存在于我的身体里。爸爸说得对。我们和树木浑然一体。我们都渴望成长，渴望壮大，渴望把根深深地扎到土壤里。只要还有土壤，我们就会和树木一起，共同生长。"

看到妹妹浑身发抖，基诺赶忙问："怎么了？"

长耳枭降落到苹果树上，回答了基诺："又是那只狐狸。"

基诺也发觉了树林边缘的那道游荡的阴影。

"还真是。"基诺轻蔑地说，"格丽，不用怕。他无法伤害到你。"

"可我还是怕。"格丽颤抖着。

"一只眼"从树木的遮蔽下走出来，穿过草地。基诺低下头，直面迎上，博索也紧随其后。

"哎哟喂！"狐狸说，"你还真是一天比一天更像你爸爸。"

"你要干什么？"

"我来喝口水，没别的意思，我保证。"

基诺缓缓地让到一边。

"那好吧，去喝你的水吧。别想玩花招，你以前没抓住苍鹭，现在也别想来伤害我们。"

"苍鹭！""一只眼"嘀咕着，回忆起来，"当然啦，你当时也在场是吧？"他唯一的一只眼睛发出邪恶的光。

格丽和拉娜几乎同时喊出："基诺，留神啊！"

基诺没理会她俩，鄙夷地哼了一声。

"我当然在，还学到了该怎么对付你。"

"一只眼"挤出一点笑容。

"我还真是应该对你发脾气，不过嘛，看在你父亲的面子上……"他思索着，舔舔自己的鼻尖，"我就跟你道个别吧。"

长耳枭咯咯直笑。

"嘿嘿，我老说，时间改变一切，不过呢……"

基诺也笑了。

"别'不过'了，"他说，"这句话真没错。"

听到"一只眼"舔着水面的声音，格丽还是抖了一下。

"唉，要是我能克服对狐狸的恐惧就好了！"她叹了口气，"基诺，你真勇敢。"

基诺仿佛没有听到妹妹的赞美。

"回家吧，"他说，"妈妈一个人呢。"

基诺带领大家回到空地。小路上，野兔挺直了身子端坐着，月光照耀下，仿佛一尊银色的雕塑。

"你好啊，野兔朋友。"格丽说。

"噢，你好，你好！"野兔猛然一缩身子，转头来面对他们，"那只狐狸，你们看到他了没有？"

"他在池塘那边，你很安全。基诺教训了他。"博索大声说。

"基诺！"野兔坐得笔直，活像个惊叹号，"狐狸又狡猾又奸诈——基诺教训了他?！"

他望着小鹿们跑远了。两只羽翼丰满的乌鸦昏沉沉地俯瞰着地面，浑身羽毛油亮。一只知更鸟做着关于猎枪的梦。他梦到自己把猎枪从地面上拉拽起来，就像拉拽出一条长长的虫子，然后把猎枪给吞了下去。

一只喜鹊惊醒了。"我有个预感……"她睡意未消，声音远比不上平时清亮。

法琳在空地上等着孩子们归来。月亮低低下沉，光芒照在橡树粗壮而静默的枝干上，还勾勒出小树苗的轮廓。小树苗如今健康了许多，也长高了一些，那株毒藤快要够不着树苗的肩膀了。大松树肃穆而高傲地矗立着，从不昏睡，很少晃动。夜行的动物们慌慌张张，抢在黎明之前赶回家，他们穿过树丛的时候，枫树的叶子便窃窃私语。长耳枭那悠远而伤感的鸣叫刺破夜空。

"哈啊！哈啊——哈啊哈！"

"看到你们都在一起，我就安心了。"法琳说，"你们走了好久……"

"啊，妈妈，"格丽呼唤道，"对不起，我们太轻率了。"

法琳怜爱地看着他们："不，一点也不轻率。我不能永远把你们绑在身边。"

曼博和内罗也慢步从树林中走出来。法琳望了他们一眼。

"你们几个，"她说，"你们全体，多么好的一家啊！"

格丽冲口而出："我们再也不会抛下你一个人了，妈妈！"

法琳微笑着说："你们会的。我怎么能继续照看你们呢，你们都这么强壮了，都长大了。瞧瞧基诺的王冠吧！"

她不说话了。基诺明白过来："你要让我们离开你！"

母亲和孩子们都沉默着，却彼此理解。

"对。"法琳温柔地对他们说。她终于鼓起了勇气，森林和林中的一切生命，将勇气赋予了她。"对，我亲爱的孩子们，我要让你们离开了。"

"不、不！"曼博十分伤心，结结巴巴。

"是的，儿子。你和你的兄弟都很健康，跑得也快。我的任务完成了。你，格丽，得离开了。基诺，你也是。"

278

基诺轻声说："妈妈，你对我们真好。"

法琳注视着儿子。"你明白的，对吗？"她说。之后，她出乎意料地突然起跑，离开了他们。

博索说："我们得回家了。我们也要自由。"他转头对曼博说，"你和你的兄弟跟我走吧。当然，如果基诺……"

基诺摇摇头。"不，"他说，"我打算……"

他猛地抬头。晨雾最浓重的灌木丛里，有身影移动。

"爸爸！"基诺喊道，"你愿意把森林的奥秘都教给我吗？如何跟你一样，行动起来就像一道影子，悄无声息……"

"给自己找一个栖身的地方吧，儿子。夜幕再度降临时，我们便开始训练。"

法琳孤身站在灌木丛的不远处，她还能听见孩子们的动静。每个孩子的脚步，她都能分辨得出来——基诺走得急，格丽脚步轻，两个孪生兄弟走起来协调一致，浑然一体。

法琳的头顶上，一道身影无声无息地掠过，两条细长的腿收起在身下——这是苍鹭在清晨时分向河边飞去。法琳听到身旁的树上有焦虑的叽叽喳喳声，两只燕雀正疲倦地在树枝间飞来飞去。

"怎么了？"法琳轻声问。

"我们的儿子，我们大个头儿的儿子……"鸟妈妈

回答。

　　"他一顿饭吃得比一群乌鸦一个星期吃得都多。"鸟爸爸的声音直打战。

　　"他离开我们了……"

　　"一句好听的都没说……只会抱怨我们的巢太小,我给他喂的虫子不够好……老天有眼,那虫子都粗得跟小蛇似的!把它们从地里拽出来时,可花了我好大力气,老背差点儿都累断了。"

　　"你怎么一天到晚老发牢骚。"他的伴侣呵斥道。

　　"对不起,亲爱的。"

　　"你就是应该道歉!"她哽咽道,"真是个好儿子。我们对他寄予了那么大的希望……"

"嗨，他走都走了。"鸟爸爸说。

原来是只杜鹃鸟，法琳想。她突然高兴起来。林中所有的孩子都有离家的一天，可他们当中，既有好孩子，也有坏孩子。

她的孩子们已经走了，可他们还会再回来，他们都是好孩子。

"孩子们都要走的，"法琳喃喃地对燕雀夫妇说，"越是好孩子，我们就越思念，可他们还是得走。这就是做父母的宿命啊。"

在树干之间，法琳望见她深爱的影子，静默地驻足。

她脚步轻松，加快速度，向那影子奔去。